Diogenes Taschenbuch 22630

de
te
be

Georges Simenon

Doppelleben

Roman

Deutsch von
Barbara Heller

Diogenes

Titel der Originalausgabe:
›Les innocents‹

Umschlagfoto von Louís Monier
Aus: Nathalie Mont-Servan, Paris

Deutsche Erstausgabe

80/94/8/1
ISBN 3 257 22630 6

1

Selbst der Märzregen, der seit einer Stunde fiel, war angenehm, denn er ließ die Werkstatt noch heimeliger erscheinen. Aus den Fenstern sah man auf die vom Regen bläulich-schwarz lackierten Dächer von Paris und auf den Himmel, in dessen Grau sich noch ein schwaches Leuchten hielt.

Célerin, von den anderen vertraulich Monsieur Georges genannt, stand vor seinem Zeichenbrett und entwarf mit akribischer Sorgfalt ein Schmuckstück, das er seit langem anfertigen wollte. Es war eine Brosche in Form einer Distel, die aus drei verschiedenen Goldarten bestehen sollte. Auf die Idee hatte ihn ein Gemälde gebracht, das er in einem Schaufenster gesehen hatte.

Wie immer klebte ihm eine erloschene Zigarette an der Unterlippe, und von Zeit zu Zeit summte er ein paar Takte aus einem alten Schlager vor sich hin, von dem er nur die ersten Zeilen behalten hatte.

Jules Daven, der älteste seiner Mitarbeiter, saß über seinen Arbeitstisch gebeugt, auf dem die Präzisionswerkzeuge aufgereiht lagen, winzig wie Spielzeug: Graviernadeln, Pinzetten, Zangen, Punzen, Schaber, Zieheisen, Sägen, Reibahlen ...

Die Flamme des kleinen Lötrohrs, das er in der Hand hielt, war nicht mehr als ein bläulicher Faden.

Létang, mit neunundvierzig Jahren Vater von sieben

Kindern – seine Frau erwartete das achte –, war dabei, einen Goldbarren in dünne Scheiben zu sägen.

Pierrot, der als letzter eingestellt worden war, polierte gerade einen Ring, in den ein Stein eingesetzt werden sollte.

Die Glastür war geschlossen, wie immer, wenn ein Kunde oder eine Kundin im Laden war. Der Laden war Madame Coutances Domäne.

Ein richtiger Laden war es eigentlich nicht, denn die Räume lagen im obersten Stock eines ehemaligen herrschaftlichen Stadthauses in der Rue de Sévigné. Aber es gab einen Ladentisch und an den Wänden Vitrinen, in denen die fertigen Schmuckstücke ausgestellt waren.

Célerin war glücklich, im Frieden mit sich selbst und mit den anderen.

Zehn Jahre lang hatte er in einem großen Juweliergeschäft in der Rue Saint-Honoré gearbeitet. Dann hatte Brassier, ein mit ihm befreundeter Kollege, der dort Verkäufer war, eine größere Erbschaft gemacht und ihm vorgeschlagen, sich mit ihm zusammen selbständig zu machen.

Natürlich war Brassier wegen des Kapitals, das er in das gemeinsame Unternehmen gesteckt hatte, zu einem höheren Prozentsatz am Gewinn beteiligt. Sechzehn Jahre bestand ihre Partnerschaft jetzt schon, und nie hatte es irgendwelche Probleme gegeben.

Brassier bot den Schmuck in den Juweliergeschäften an und nahm neue Aufträge entgegen. In der Rue de Sévigné ließ er sich nur wenig blicken.

Die Werkstatt war Célerins Reich.

Es herrschte dort eine entspannte Atmosphäre, und

häufig wurde der junge Pierrot losgeschickt, um im Bistro nebenan eine Flasche Beaujolais zu holen.

Daven, der Meister, war mit seinen vierundfünfzig Jahren noch immer der Spaßvogel der Firma und hatte stets ein paar lustige Geschichten auf Lager.

Merkt man es, wenn man glücklich ist? Célerin hätte schwören können, daß er glücklich war und daß nichts ihm sein Glück nehmen konnte. Er liebte seinen Beruf, brauchte sich keinem Vorgesetzten unterzuordnen, und auch Frau und Kinder bereiteten ihm keine Sorgen.

Er war im besten Alter und von all den Wehwehchen, die sich mit den Jahren oft einstellen, verschont geblieben.

Von nebenan drangen Stimmen herüber, die jetzt lauter und erregter klangen. Die Tür zur Treppe ging auf, doch damit war das Hin und Her zwischen der hohen schrillen Stimme der Kundin und der gedämpfteren von Madame Coutance noch nicht zu Ende, sondern ging auf der Schwelle weiter.

»Das kann nur die Papine sein«, murmelte Daven.

Sie hieß Madame Papin, oder genauer Witwe Papin, wie sie sich selbst nannte. Sie war sehr reich und eine der besten Kundinnen, aber auch eine wahre Nervensäge.

Endlich fiel die Tür ins Schloß, und in der Glastür, die den Laden mit der Werkstatt verband, erschien eine ermattete Madame Coutance.

»Das war die Papine«, bestätigte sie Davens Vermutung.

Madame Coutance ging auf die Vierzig zu. Ihr Mann war früh gestorben. Sie war klein und rundlich, und auf ihrem pausbäckigen Gesicht lag stets ein Lächeln.

»Dieses Mal ist es eine Kamee ...«

Sie gab sie Célerin, der sie eingehend prüfte.

»Ein sehr schönes Stück, aus der napoleonischen Zeit vermutlich. Es könnte von einem der großen Künstler dieser Epoche stammen, so fein, wie es gearbeitet ist. Ich frage mich, ob es sich nicht sogar um ein Bildnis von Joséphine de Beauharnais handelt ... Was sollen wir damit machen?«

»Sie will eine neue Fassung.«

»Aber die Fassung stammt aus derselben Zeit und macht die Kamee nur noch wertvoller.«

»Das habe ich ihr auch klarzumachen versucht, aber Sie kennen sie ja.«

»Ich kann diesen ganzen alten Kram nicht mehr sehen ...«

Die ohnehin schon reiche Madame Papin hatte den Schmuck von einer alten Tante geerbt, die ihn ein Leben lang gesammelt hatte. Jetzt ließ sie ihn »modernisieren«, und unter »modern« verstand sie die Zeit um die Jahrhundertwende. Über jedes Stück konnte sie mit ihrer schrillen Stimme endlos diskutieren. Sie war eigenartig geschminkt, was ihrem Gesicht einen Strich ins Violette gab, und dazu trug sie stets einen paillettenbesetzten Hut.

Sie hieß zwar Papin, weil sie den Kugellagerfabrikanten Papin geheiratet hatte, doch ließ sie jedermann wissen, daß sie eine geborene de Molincourt war, ebenso wie sie allenthalben ihren Witwenstand betonte. Auf ihren Visitenkarten und ihrem Briefpapier stand neben dem Namen Papin der Vermerk »geb. de Molincourt«.

Von ihrer alten Tante hatte sie auch ein Schloß dieses Namens im Département Cher geerbt.

Daven konnte sie herrlich nachahmen, sogar ihre Stimme. Er legte die Kamee auf seinen Arbeitstisch. Einen Tresor gab es nicht. Gold- und Platinbarren, Edelsteine und Halbedelsteine lagen in den Regalen, und in all den Jahren war nie etwas abhanden gekommen.

Es klingelte, obwohl ein Schild neben der Tür besagte: »Bitte eintreten, ohne zu läuten«. Von seinem Platz aus sah Célerin als erstes eine Polizistenmütze. Wahrscheinlich würde er sich wieder einmal einen anderen Parkplatz suchen müssen.

Der Polizist hustete und sah sich um. Schließlich steuerte er auf die Werkstatt zu, und jetzt ging ihm der Goldschmied ein paar Schritte entgegen.

»Arbeitet hier ein Monsieur Célerin?... Georges Célerin...«

»Ja, das bin ich... Sie kommen sicher wegen meines Wagens?«

»Nein... Das hier ist nicht mein Bezirk, und ich bin auch nicht von der Verkehrspolizei... Wachtmeister Fernaud vom Polizeirevier des 8. Arrondissements...«

Er wirkte verlegen und sah sich ein wenig verwundert in der Werkstatt um.

»Können wir in Ihr Büro gehen?«

»Ich habe kein Büro... Aber meine Kollegen können ruhig dabeisein. Worum geht es?«

Der Polizist legte die Hand an die Mütze.

»Ich habe Ihnen eine traurige Mitteilung zu machen, Monsieur Célerin... Sie sind doch der Mann von Annette Marie Stéphanie Célerin?...«

»Ja, das ist meine Frau ...«

»Sie hatte einen Unfall ...«

»Einen Unfall? Was für einen Unfall?«

»Sie ist von einem Lastwagen überfahren worden, in der Rue Washington ...«

»Das muß ein Irrtum sein! ... Meine Frau kommt so gut wie nie in die Gegend der Champs-Elysées ... Sie ist Sozialarbeiterin im Bezirk Saint-Antoine und Saint-Paul ...«

»Es ist aber in der Rue Washington passiert ...«

»Ist es schlimm?«

Der Beamte murmelte kaum hörbar:

»Sie ist unmittelbar nach ihrer Einlieferung ins Krankenhaus Lariboisière gestorben ...«

»Annette? ... Tot? ...«

Die anderen blickten ihn mit ausdruckslosen Mienen an. Es kam so plötzlich, so unerwartet, daß sie es kaum glauben konnten.

»Ich will sie sehen ...«

»Sie sollen in die Klinik kommen, bevor die Leiche ins gerichtsmedizinische Institut gebracht wird ...«

Célerin schlüpfte in sein Jackett, das er bei der Arbeit gegen einen langen weißen Kittel einzutauschen pflegte. Er weinte nicht. Seine Züge waren starr, so als könnte ein schmerzverzerrtes Gesicht nur lächerlich wirken.

Erst im Hinausgehen drehte er sich um und sagte etwas, was ihm sofort absurd erschien.

»Entschuldigt mich, bitte ...«

Einen Aufzug gab es nicht. Sie stiegen die vier Etagen hinab; Célerin ging voraus, der Polizist folgte ihm.

»Vielleicht sollte ich besser mitkommen.«

»Ja, vielleicht. Ich kenne mich nicht aus mit Krankenhäusern ... In meiner Familie war noch nie jemand ernsthaft krank ...«

»Haben Sie Kinder?«

»Ja, zwei. Woher wußten Sie, wo meine Werkstatt ist?«

»Im Personalausweis Ihrer Frau stand ›Boulevard Beaumarchais‹ ... Da wohnen Sie, nehme ich an ...«

»Ja ...«

»Eine sehr nette Dame mit ausländischem Akzent hat mir aufgemacht ... Ich habe sie gefragt, wo ich Sie erreichen kann, und sie hat mich hierher in die Rue de Sévigné verwiesen ...«

»Haben Sie ihr gesagt, was passiert ist?«

»Nein ... Haben Sie ein Auto?«

Der kleine weiße Citroën stand vor dem Haus. Sie stiegen ein. Es regnete noch immer, und der Regen schien flüssiger und heller als zu anderen Jahreszeiten.

»Wie ist es passiert?«

Der Polizist sah ihn respektvoll an, als hätte das Unglück Célerin eine gewisse Größe verliehen.

»Ich weiß es nicht genau ... Die Untersuchungen am Unfallort sind noch nicht abgeschlossen ... Ich weiß nur, was ein Passant gesagt hat und ein gewisser Manotti, ein Gemüsehändler, der sein Geschäft fast direkt gegenüber hat ... Fahren Sie Richtung Gare du Nord ... Das Krankenhaus Lariboisière ist in der Rue Ambroise-Paré ...«

»Wollte sie über die Straße?«

»Anscheinend kam sie aus einem Haus, die beiden Zeugen sind sich nicht einig, aus welchem ... Sie hatte es eilig und ging sehr schnell, sie rannte fast... Plötzlich, als sie die Straße überqueren wollte... Es war glatt, wegen des Regens... Sie ist gestürzt... Der Lastwagen konnte nicht mehr rechtzeitig bremsen und hat sie überrollt...

Mein Kollege hat sofort den Notarztwagen gerufen... Sie hat noch geatmet, obwohl ihr Brustkorb zerquetscht war...«

»Hat sie noch etwas sagen können?«

»Nein... Es tut mir leid, daß ich Ihnen diese Einzelheiten nicht ersparen kann, aber sie hat Blut erbrochen... Der Notarzt, Doktor Vigier, hat sie sofort ins Krankenhaus gebracht...

Ein Kollege von mir hat vom Unfallort aus das Polizeirevier verständigt. Zwei Inspektoren sind sofort in die Rue Washington gefahren, und ich bin auch ins Krankenhaus...«

»Haben Sie sie gesehen?«

»Ja.«

»Wo?«

»In der Notaufnahme war kein Platz mehr, nur noch auf dem Gang, und da lagen auch schon andere Verletzte. Doktor Vigier war noch da.

›Hier ist ihr Personalausweis mit der Adresse‹, hat er zu mir gesagt. ›Die Familie muß verständigt werden.‹«

»Wie sah sie aus?«

»Ich habe das Tuch nur an einem Ende hochgehoben...«

»Nein... Nein, sagen Sie es mir nicht...«

Seltsamerweise war er ganz ruhig, wie erstarrt. Er

steuerte den Citroën geschickt durch den dichten Verkehr und hielt schließlich vor dem Krankenhaus.

»Noch ein Stück weiter... Zur Notaufnahme...«

In einem Flur mit gelblichem Fliesenboden stand ein Arzt über einen alten Mann gebeugt, dessen gebrochener Blick starr zur Decke gerichtet war. Über zwei andere Betten waren Tücher gebreitet.

»Ich hole Doktor Vigier...«

Célerin stand da wie betäubt. Eine Krankenschwester forderte ihn auf, sich zu setzen.

Hatte er »danke« gesagt? Er war sich nicht sicher. Die Welt war eingestürzt. Die ganze Szenerie, die Menschen waren unwirklich geworden.

Er sah sich fast gleichgültig um.

Ein junger Arzt kam durch den langen Flur auf ihn zu und gab ihm die Hand.

»Monsieur Célerin?«

»Ja.«

»Vigier. Ich war am Unfallort in der Rue Washington, aber es war leider schon zu spät... Ich glaube, es war fast besser, daß sie so schnell gestorben ist... Sie wollen sicher keine medizinischen Fachausdrücke von mir hören... Es genügt, wenn ich Ihnen sage, daß Brust und Bauch zerquetscht waren...«

»Kann ich sie sehen?«

Der Arzt deckte das Gesicht auf. Es schien gesäubert worden zu sein, denn es wies keine Blutspuren auf, und eine tiefe Ruhe ging von ihm aus.

Célerin legte zwei Finger auf die Wange der Toten, wie um sie zu liebkosen, dann beugte er sich nieder und berührte mit den Lippen die bleiche Stirn.

Der Arzt sagte zu ihm:

»Sie wird gleich vom gerichtsmedizinischen Institut abgeholt. Eine Autopsie wird sich wohl nicht vermeiden lassen ...«

»Wieso?«

»Bei den Versicherungen weiß man nie ... Hier ist ihre Handtasche. Ich habe mir erlaubt, ihren Personalausweis kurz herauszunehmen, wegen der Adresse ... Sind Sie schon lange verheiratet?«

»Zwanzig Jahre ... Nächsten Monat wollten wir unseren zwanzigsten Hochzeitstag feiern ...«

»Haben Sie Kinder?«

»Ja, zwei.«

»Sind Sie alt genug, um zu verstehen, was passiert ist?«

»Ich weiß nicht ... Der Große ist sechzehn, meine Tochter vierzehneinhalb ...«

Der Leichenwagen des gerichtsmedizinischen Instituts fuhr vor, und zwei Männer kamen mit einer Tragbahre herein.

»Wer zuerst?« fragte der eine und zeigte auf die Betten.

Und Célerin fragte schüchtern:

»Und was soll ich jetzt machen?«

»Am besten, Sie gehen nach Hause und sagen es Ihren Kindern ... Der Leichnam wird in ein oder zwei Tagen freigegeben ...«

»Vielen Dank ...«

Er wußte nicht, ob er dem Arzt die Hand geben sollte. Er wußte gar nichts mehr. Er war überrascht, als er sah, daß der Polizist noch auf ihn wartete.

»Meinen Sie, ich kann Sie allein lassen?«

»Warum nicht?«

Er wunderte sich über die Frage. Er verstand die Welt nicht mehr. Zuerst dieser helle, klare Regen, der gegen die Scheiben trommelte, dann die Papine mit ihrer Kamee, für die sie eine Jugendstilfassung wollte, und schließlich die Polizistenmütze...

Annette war tot. Sie wurde ins gerichtsmedizinische Institut gebracht. Er gab dem Polizisten flüchtig die Hand und wäre beinahe in der falschen Richtung davongegangen. Es war kurz vor sechs. Es herrschte dichter Verkehr, und die Autos fuhren fast Stoßstange an Stoßstange.

Er war nahe daran, wieder in die Rue de Sévigné zurückzukehren, ohne daß er hätte sagen können, warum. Dort, im Kreis seiner Kollegen, in einer Atmosphäre, die ihm zutiefst vertraut war, hätte er vielleicht ganz allmählich in die Realität zurückfinden können.

Was hatte Annette in der Rue Washington gewollt? Ihre Alten und Kranken, die Gestrandeten, um die sie sich kümmerte, wohnten zwischen der Rue Saint-Paul und der Bastille. Sie brauchte deshalb auch kein Auto.

Sein Sohn Jean-Jacques und seine Tochter Marlène waren längst aus der Schule zurück und wußten noch nichts. Vielleicht hatte Nathalie ihnen von dem Polizisten erzählt, aber sie hatten bestimmt gedacht, es gehe um sein Auto.

Es hatte nie irgendein dramatisches Ereignis in der Familie gegeben. Nichts. Nicht einmal einen richtigen Streit.

Er parkte an der üblichen Stelle am Boulevard Beaumarchais. Auf dem Weg zu seinem Haus kam er an einem Bistro vorüber, in dem er hin und wieder gewesen war. Er blieb einen Moment unschlüssig vor der Tür stehen und trat dann ein. Er steuerte geradewegs auf die Theke zu und sagte leise und verschämt:

»Einen Kognak ...«

Der Wirt erkannte ihn wieder und sah ihn neugierig an.

»Ist irgend etwas nicht in Ordnung, Monsieur?«

Er zögerte, blickte den Mann an, der Léon hieß, stürzte den Kognak in einem Zug hinunter und sagte dann:

»Meine Frau ist gestorben ...«

»Aber sie sah doch gar nicht krank aus ... Und sie war noch so jung ...«

»Sie ist überfahren worden!« rief er fast trotzig. »Noch einen, bitte ...«

Er trank drei Gläser hintereinander. Léon sah ihn betroffen und irgendwie respektvoll an, denn das Unglück verlieh Célerin in seinen Augen eine gewisse Größe.

»Wissen es Ihre Kinder schon?«

»Nein, noch nicht ... Ich muß es ihnen sagen ...«

Er fühlte sich matt und kraftlos. Mit unsicheren Schritten ging er an der Pförtnerloge vorbei, ohne der Concierge den gewohnten Gruß zuzuwinken. Er betrat den Aufzug und drückte auf den Knopf zum dritten Stock.

Nathalie öffnete ihm die Tür. Sie war keine gewöhnliche Hausangestellte. Sie war fast sechzig und schon seit achtzehn Jahren bei ihnen. Sie war ziemlich dick und hatte ein breites, freundliches Gesicht.

Als sie Célerin sah, wußte sie sofort, daß etwas Schlimmes geschehen war.

»War der Polizist bei Ihnen?«

»Ja.«

»Und?«

»Sie ist tot...«

»Tot?«

Sie hielt sich die Hand vor den Mund, um nicht zu schreien.

»Sie meinen, Madame...«

»Ja.«

»Aber wie denn?«

»Überfahren.«

»Auf der Straße, einfach so...?«

»Anscheinend...«

»Wo ist sie? Wird sie hierhergebracht?«

»Sie ist im gerichtsmedizinischen Institut. Sie müssen eine Autopsie machen...«

»Warum?«

»Ich weiß nicht... Ich weiß nichts... Wo sind die Kinder?«

Er mußte etwas trinken. Er ging ins Eßzimmer, wo in der Anrichte ein paar Flaschen standen.

»Meinen Sie nicht, Sie sollten...«, hörte er Nathalies Stimme hinter sich.

»Nein.«

Hatte er nicht soeben seine Frau verloren, und war damit nicht auch sein Leben zu Ende? Da hatte er doch ein Recht darauf zu trinken! Er schenkte sich ein größeres Glas ein als in Léons Bistro. Er fühlte sich ein wenig benommen.

Jemand betrat das Eßzimmer. Es war Jean-Jacques, sein Sohn, der sich wunderte, seinen Vater mit einer Schnapsflasche und einem Glas anzutreffen.

»Hol deine Schwester, mein Junge ...«

Sie kam und blieb erschrocken stehen, als sie ihn sah.

»Was ist los? Du bist so früh zurück ...«

»Kinder, ich muß euch etwas sagen. Etwas Furchtbares ist passiert ... Furchtbar für euch und auch für mich. Für uns alle. Mutter hatte einen Unfall ... Sie ist von einem Lastwagen überfahren worden ...«

»Ist es schlimm?«

»Es könnte nicht schlimmer sein ... Sie ist tot ...«

Und endlich, unvermittelt, brach er in Tränen aus.

Marlène stieß einen Schrei aus und warf sich gegen die Wand, hämmerte mit den Fäusten dagegen und schrie schluchzend:

»Das ist nicht wahr ... Das kann nicht sein ... Doch nicht Mutter! ...«

Jean-Jacques nahm sich zusammen und legte seinem Vater, der den Kopf in den Armen vergraben hatte, die Hand auf die Schulter wie ein verständiger, erwachsener Mann.

»Beruhige dich, Vater ...«

Sie sagten nicht Papa und Mama, sondern Vater und Mutter – nicht aus kühler Zurückhaltung, sondern weil man in ihrer Familie seine Gefühle nicht zeigte.

Als Célerin mechanisch die Hand nach der Flasche ausstreckte, sagte Jean-Jacques leise und ohne den geringsten Vorwurf in der Stimme:

»Besser nicht, Vater, meinst du nicht?«

Célerin hielt in der Bewegung inne und murmelte mit einem matten Lächeln:

»Ach, weißt du, Junge, das ist es nicht, was mich kaputtmacht ...«

»Ich weiß.«

Sie waren beide ernst, als wären die Jahre, die sie trennten, plötzlich ausgelöscht. Marlène hatte sich in die Küche geflüchtet, vermutlich in Nathalies Arme.

»Verstehst du ... Mit einem Schlag ... Einfach so ... Ohne Grund ... Ohne Vorwarnung, zum Beispiel eine Krankheit ... Und ich hab' mich zur gleichen Zeit über den ersten Frühlingsregen gefreut ...«

»Wie ist es passiert?«

»Sie ist sehr schnell gegangen ... Ich weiß auch nicht ... Man weiß noch nichts Genaues ... Nicht einmal, was sie in der Rue Washington gemacht hat ... Ein Zeuge sagt, sie sei dort aus einem Haus gekommen ... Sie wollte schnell auf die andere Seite und ist auf der nassen Straße ausgerutscht ... In dem Moment kam ein Lastwagen ... Er konnte nicht mehr rechtzeitig bremsen ...«

»Wie hast du es erfahren?«

»Sie haben ihren Personalausweis mit unserer Adresse in ihrer Tasche gefunden ... Ein Polizist war hier ... Nathalie hat ihm gesagt, wo ich arbeite ...«

»Hat er es dir in der Werkstatt gesagt?«

»Ja, eine Kundin war gerade weggegangen, die Papine, ich hab' euch von ihr erzählt ... Wir waren alle so guter Stimmung ... Dann ist plötzlich eine Polizistenmütze in der Tür aufgetaucht ...«

Es hatte aufgehört zu regnen. Die Sonne schien sogar,

wenn auch noch zaghaft, und an den Bäumen des Boulevard Beaumarchais begannen die Knospen aufzubrechen.

Sie wohnten seit ihrer Heirat hier.

Zuerst waren es nur zwei Zimmer mit Küche und Bad gewesen. Zum Glück aber waren ihre Nachbarn aufs Land gezogen, und sie hatten die beiden Wohnungen zu einer einzigen, ziemlich großen Wohnung zusammenlegen können.

Er war derjenige, der Wert auf ein behagliches Zuhause legte, mehr als seine Frau. Er liebte schwere, hochglanzpolierte Möbel, wie man sie in kleinen Provinzstädten noch findet. Im Laufe der Jahre hatten sie nach und nach die ganze Wohnung möbliert, und manchmal waren sie bis zu fünfzig Kilometer weit zu einer Versteigerung gefahren.

»Das ist zu teuer, Georges ...«

Warum zu teuer? Es war der einzige Luxus, den sie sich leisteten. Sie gingen so gut wie nie aus, doch sie langweilten sich auch nie.

Jedes Kind hatte sein eigenes Zimmer, neben dem von Nathalie, die sie mehr oder weniger großgezogen hatte.

Sie kam herein. Ihre Augen und ihre Nase waren gerötet.

»Möchten Sie zur gewohnten Zeit essen?«

Sie aßen gewöhnlich um halb acht, doch jetzt konnte er ihr nicht antworten. Er war früher als sonst nach Hause gekommen. Normalerweise verließ er die Werkstatt um sieben.

»Wie Sie wollen, Nathalie... Was macht Marlène? ...«

»Sie liegt in ihrem Zimmer auf dem Bett. Ich glaube, wir lassen sie besser in Ruhe... Es war ein Schock... Sie begreift es noch gar nicht richtig... Erst in den nächsten Tagen wird sie die Leere spüren...«

»Soll ich morgen in die Schule gehen?« fragte Jean-Jacques, und als Célerin, von der Frage überrascht, nicht gleich antwortete, sagte Nathalie:

»Warum nicht?«

»Ich dachte...«

Auch für Célerin hatten viele Dinge ihre Bedeutung verloren. Sogar die Kinder. Er schämte sich dafür, aber sie waren ihm keinerlei Trost.

Und die Wohnung... Wie hatten ihm die Möbel so wichtig sein können, die Nippsachen, die ihn umgaben und die nun ohne jedes Leben waren?

Alles war leer. Auch er.

Was geschah in diesem Augenblick mit Annette? Sie hatten ihren Körper geöffnet. Vermutlich standen sie zu mehreren um sie herum... Und danach? Was würde dann geschehen?

Nie wieder würde sie ihren Platz in der Wohnung einnehmen. Nie wieder würde er ihre Stimme hören, nie wieder ihre kleine, nervöse Hand drücken.

Er schob den Stöpsel tief in den Flaschenhals, damit er nicht in Versuchung kam, sich noch ein Glas einzuschenken. Er trank normalerweise wenig, doch von morgens bis abends hing ihm eine erloschene Zigarette im Mundwinkel. Jetzt hatte er nicht mehr geraucht, seit er zusammen mit dem Polizisten die Werkstatt verlassen hatte. Er zündete sich eine Zigarette an, aber sie schmeckte ihm nicht.

»Sie müssen sich zusammennehmen, Monsieur… Sie dürfen sich nicht gehenlassen, vor allem nicht vor den Kindern…«

Jean-Jacques war hinausgegangen. Wahrscheinlich hatte auch er sich in sein Zimmer geflüchtet.

Nathalie war in Sankt Petersburg geboren. Ihr Vater, ein Gardeoffizier, war ebenso wie ihre Mutter und zwei ihrer Tanten im Zuge der Ereignisse von 1917 getötet worden, als sie erst zwei oder drei Jahre alt war.

Eine Gouvernante hatte mit dem Kind nach Konstantinopel fliehen können und dort als Klavierlehrerin den Lebensunterhalt für sie beide verdient. Dann waren sie nach Frankreich gekommen, nach Paris, wo die Gouvernante ebenfalls Klavierstunden gegeben hatte.

Sie hatte auch Nathalie unterrichtet, die jedoch unmusikalisch war. Dann hatte sie ihren Schützling auf die Kunstakademie geschickt, doch auch dort hatte Nathalie es nicht sehr weit gebracht.

Als die Gouvernante gestorben war, hatte Nathalie, inzwischen etwas über zwanzig, zunächst als Verkäuferin gearbeitet, aber man hatte sich in dem Geschäft über ihren starken Akzent beklagt.

Dann war sie Stubenmädchen bei einer reichen Familie im Faubourg Saint-Germain gewesen, die ein Schloß bei Nevers und eine Villa an der Côte d'Azur besaß.

Nach dem Tod ihrer damaligen Herrschaft und nach einigen anderen, für sie sehr unerfreulichen Stellungen war sie schließlich zu den Célerins gekommen. Bei ihnen gehörte sie gewissermaßen zur Familie.

»Versuchen Sie vor allem, nicht zuviel zu grübeln…«

Fast hätte er aufgelacht. Er brauchte nicht zu grübeln.

Die Leere war nicht nur um ihn, sie war auch in ihm. Er wußte nicht, wohin mit sich. Was tat er sonst um diese Zeit? Er war noch nicht zu Hause. Er arbeitete noch in der Werkstatt, umgeben von Menschen, die viel lachten, und um Punkt sieben rief einer von ihnen:

»Schluß für heute!«

Manchmal brachte Brassier noch den Schmuck zurück, den er verschiedenen Juwelieren gezeigt hatte.

»Der Anhänger ist verkauft, aber sie wollen noch drei Stück davon...«

Brassier und er waren grundverschieden. Célerin war ruhig und ein wenig langsam und konnte Stunden am Zeichenbrett oder an seinem Arbeitstisch zubringen. Brassier dagegen, zwei Jahre jünger als Célerin, sprühte vor Leben und konnte keine zwei Minuten stillsitzen.

Wenn er an diesem Abend in der Rue de Sévigné gewesen war oder dort angerufen hatte, dann wußte er bereits Bescheid.

Célerin ließ sich in seinen Sessel fallen. Der Fernsehapparat war ausgeschaltet, der graue Bildschirm erschien ihm absurd.

Es gab nichts mehr, was wirklich war. Man hatte ihm gleichsam seine Wurzeln abgeschnitten.

Es hielt ihn nicht in seinem Sessel, und er stand wieder auf. Er ging ins Schlafzimmer hinüber, ihr gemeinsames Schlafzimmer, das jetzt nur noch seines war.

»Annette...«, murmelte er leise.

Und so wie zuvor seine Tochter warf er sich auf das Bett.

Später kam Nathalie ihn holen, und er ging wie ein Schlafwandler zu seinen Kindern ins Eßzimmer hinüber. Sie sahen ihn an und versuchten, sich nicht anmerken zu lassen, daß sein Verhalten sie ein wenig ängstigte.

»Wir wollen essen ...«, sagte er, und seine Stimme klang zu laut.

Später konnte er sich nicht mehr daran erinnern, was er gegessen hatte. Nur daß es kleine, scharf gewürzte Würstchen gegeben hatte, wußte er noch.

»Fernsehen können wir heute wohl nicht?« fragte Marlène ruhig.

»Doch, natürlich ...«

Warum hatte er das gesagt? Er wußte es nicht. Er wollte keine Musik hören, geschweige denn menschliche Stimmen.

»Ich sag' euch jetzt schon gute Nacht, Kinder ... Ich gehe schlafen ...«

»So früh?«

»Was soll ich sonst machen?«

Nathalie saß wie gewöhnlich mit ihnen am Tisch. Irgendwie schaffte sie es, zu kochen, bei Tisch zu bedienen und noch mit ihnen zu essen.

»Gute Nacht, Nathalie.«

»Soll ich Ihnen vielleicht einen Kräutertee machen?«

»Nein, danke.«

»Sie können ja eine von Madames Tabletten nehmen.«

Annette hatte häufig unter Schlaflosigkeit gelitten, und Doktor Bouchard, Hausarzt und Freund der Familie, hatte ihr ein leichtes Schlafmittel verschrieben.

Die Tabletten waren im Bad, und Célerin nahm zwei davon. Er betrachtete sich im Spiegel und war überrascht, wie mitgenommen er aussah. Es war, als sei kein Funken Energie mehr in ihm, als sei er nur noch der

Schatten seiner selbst, ein Gespenst, das keine Ruhe fand.

Er zog sich aus, putzte sich die Zähne und schlüpfte in das große Bett, in dem jetzt viel zu viel Platz war.

»Nein, Georges... Heute nicht... Ich bin so müde...«

So war es oft gewesen. Aber warum wollte sie unbedingt Sozialarbeiterin bleiben, jetzt, da er so gut verdiente? Wenn sie wenigstens in einem Büro gearbeitet hätte! Aber nein. Jeden Tag machte sie ihre Runde bei den Alten, den Behinderten, den Kranken. Sie sprach ihnen nicht nur Mut zu, sie wusch sie auch, kümmerte sich um den Haushalt, und oft kochte sie auch für sie.

Die meisten ihrer Patienten, wie sie sie scherzhaft nannte, wohnten in armseligen Behausungen im fünften oder sechsten Stock, ohne Aufzug.

»Wenn wir verheiratet sind, hörst du doch hoffentlich auf zu arbeiten?« hatte er zu ihr gesagt, als sie verlobt waren.

»Hör zu, Georges... Fang nie wieder davon an... Sieh mal, wenn du mich vor die Wahl stellen würdest, dann bin ich mir nicht sicher, wie ich mich entscheiden würde...«

Sie war klein und schmal, verfügte aber über eine beträchtliche Energie. Annette sah ihre Eltern selten. Sie schien ihrer Mutter irgend etwas übelzunehmen, doch hatte er nie gewagt, sie danach zu fragen.

Im Grunde hatten sie nie viel miteinander geredet. Sie lebten in ruhiger Harmonie zusammen, und das genügte ihnen. Manchmal erzählte Annette ihm unvermittelt die Geschichte eines ihrer »Patienten«.

Sie alle oder fast alle hatten einmal bessere Zeiten gesehen. Jetzt aber hausten sie in ihren Löchern und waren nur noch Strandgut, und an der nächsten Ecke wartete schon der Tod auf sie.

Und doch klammerten sie sich an das Leben!

»Du müßtest ihren Blick sehen, wenn ich komme... Sie haben nur noch mich...«

»Ich verstehe...«

Er verstand und verstand doch nicht ganz.

»Du ruinierst deine Gesundheit...«

»Mir geht es blendend...«

Das stimmte. Sie war nie krank. Sie klagte nie, es sei denn über ihre Schlaflosigkeit.

Und jetzt war sie tot, weil sie die Straße zu schnell überquert hatte. Das war typisch für sie. Sie hatte es immer eilig gehabt, ihr Leben lang. Hatte sie überhaupt gewußt, wohin sie so rasch lief?

Er glaubte, das Telefon läuten zu hören, aber es klang gedämpft und wie von weit her, und er machte keine Anstalten aufzustehen.

Er mußte geschlafen und vielleicht auch geträumt haben. Plötzlich nahm er Nathalies füllige Gestalt wahr, die sich über ihn beugte, so wie sie sich jede Nacht mindestens einmal über die Kinder beugte.

Er war froh, beim Aufwachen nicht allein zu sein. Eine Tasse wurde neben ihm auf den Nachttisch gestellt, und Nathalie berührte ihn an der Schulter.

»Monsieur...«

Er brummte irgend etwas.

»Es ist neun Uhr...«

»Ja...«

Er fand sich noch nicht zurecht.

»Ihr Kompagnon ist da. Er wartet im Wohnzimmer...«

»Wer?«

»Monsieur Brassier...«

Er wußte nicht, warum Nathalie ihn nicht mochte. Brassier kam von Zeit zu Zeit mit seiner Frau zum Abendessen, und Nathalie war dann stets schlechter Laune, was sonst nicht ihre Art war...

»Trinken Sie einen Schluck Kaffee...«

Er richtete sich mühsam auf, und seine Hand zitterte ein wenig, als er nach der Tasse griff.

»Hatten Sie gestern schon etwas getrunken, bevor Sie nach Hause kamen?«

Nur sie durfte ihm eine solche Frage stellen. Selbst Annette hätte es nicht gewagt.

Er fühlte, wie er errötete, und murmelte:

»Ja... Ich konnte nicht mehr... Ich war in dem Bistro nebenan... Bei Léon...«

»Und wieviel haben Sie getrunken?«

»Drei Kognak...«

»Sie müssen mir versprechen, daß Sie das nicht wieder tun... Sie sind Alkohol nicht gewöhnt... So mitgenommen, wie Sie im Moment sind, könnte das schlimme Folgen haben...«

»Ich wußte nicht... Es ist so über mich gekommen...«

»Duschen Sie, und ziehen Sie sich an, ich mache Ihnen inzwischen Ihr Frühstück. Monsieur Brassier kann warten...«

Er gehorchte ihr wie einer Mutter oder einer Krankenschwester. Als er das Wohnzimmer betrat, legte Brassier seine Zeitung beiseite, eilte ihm entgegen und faßte ihn um die Schultern.

»Mein Beileid, Georges... Ich weiß nicht, was ich sagen soll, aber du verstehst mich schon... Du weißt, wie sehr ich Annette geschätzt habe, und als ich es gestern in der Werkstatt erfuhr...«

»Das Frühstück ist fertig...«, unterbrach Nathalie seinen Wortschwall.

»Danke... Du trinkst doch eine Tasse Kaffee mit?...«

»Nein, danke, ich habe gerade Kaffee getrunken... Ich wollte vor allem sehen, wie es dir geht... Wo sind die Kinder?«

»In der Schule, nehme ich an...«

»Wollten sie das?«

»Ich weiß nicht... Ich fand es ganz normal... Ich will nachher auch in die Werkstatt...«

Brassier schien nicht ganz einverstanden.

»Wann wird die Leiche gebracht?«

»Ich weiß nicht... Ich weiß gar nichts... Ich hab' sie nur auf einem Flur im Krankenhaus gesehen...«

»Und was wirst du tun?«

»Ich weiß es nicht... Ich hab' keine Erfahrung mit diesen Dingen...«

Er aß mechanisch seine Croissants. Ein Sonnenstreifen fiel über das Tischtuch.

»Es gibt zwei Möglichkeiten. Du kannst sie hierherbringen lassen, damit die Leute kommen und ihr die letzte Ehre erweisen können...«

»Ja... Das ist wohl so üblich...«

»Du kannst aber auch das Bestattungsinstitut bitten, sie bis zur Beisetzung in seinen Räumen aufzubahren . . .«

»Was meinst du?«

»Das mußt du selbst entscheiden . . . Es hängt auch davon ab, wann das gerichtsmedizinische Institut sie freigibt und wann die Beerdigung ist . . .«

»Wieso?«

»Wegen der Kinder . . . Wenn sie zwei oder drei Tage hierbleiben müßte, in der Wohnung, dann wäre das ziemlich schlimm für die Kinder, fürchte ich . . .«

»Ja . . . Ich verstehe . . .«

»War sie katholisch?«

»Nein, sie war überhaupt nicht getauft. Ihr Vater war Volksschullehrer und ein fanatischer Freidenker, wie man das damals nannte . . .«

»Und du?«

»Ich bin nicht religiös . . .«

»Also keine kirchliche Trauerfeier . . . Das könnte bei den Nachbarn einen schlechten Eindruck machen . . .«

Célerin war zu allem bereit. Brassier schritt auf und ab und redete. Er strahlte so viel Energie und Tatkraft aus, daß Célerin sich seiner Apathie schämte.

»Ich könnte dir einiges abnehmen, die Verhandlungen mit dem Bestattungsinstitut zum Beispiel . . . Hast du ein Familiengrab? . . .«

»Die Célerins und ein Familiengrab? Wir sind eine Bauernfamilie, und meine Eltern sind auf dem Dorffriedhof hinter der Kirche begraben . . .«

»War Annette versichert?«

»Nein. Ich selbst habe eine Lebensversicherung, zu

ihren Gunsten und zugunsten der Kinder. Ich hab' sie damals gleich nach unserer Heirat abgeschlossen und inzwischen aufgestockt ...«

»Die andere Versicherung ist auch noch da, die von dem Lastwagen ...«

»Der Fahrer war nicht schuld, soviel ich weiß ... Sie selbst hat das Gleichgewicht verloren und ist vor die Räder gestürzt ...«

»Das sagt noch nichts ... Es wird eine Untersuchung geben ...«

Auch in ihrer geschäftlichen Partnerschaft war es Brassier, der sich um alle praktischen Belange kümmerte und die Korrespondenz erledigte.

»Wenn sie dich fragen, sag, du weißt nichts ...«

Er zuckte die Schultern und leerte seine dritte Tasse Kaffee.

»Ich frage mich, auf welchen Friedhof sie kommt ... Die Friedhöfe in Paris und Umgebung sind alle belegt ...«

Er zuckte erneut die Schultern. Was bedeutete schon der Friedhof, jetzt, da Annette nicht mehr da war?

Das Telefon klingelte. Er nahm den Hörer ab.

»Ja ... Wer? ... Ja ... Hier Georges Célerin ... Der Ehemann, ja. Jederzeit?«

Während er zuhörte, sah er Brassier an.

»Ja ... Ich werde alles Nötige veranlassen, aber ich muß mich erst informieren ... Hat es Zeit bis heute nachmittag? ... Vielen Dank ...«

Er legte den Hörer auf. Er mochte sich nicht drängen lassen. Es war ein wenig, als würde ihm Annette ein zweites Mal genommen.

»Wer war das?«

»Das gerichtsmedizinische Institut... Sie kann schon jetzt abgeholt werden...«

»Und wie willst du es machen?«

»Ich weiß es nicht.«

»Vielleicht denkst du noch eine Weile in Ruhe darüber nach...«

»Nein... Wir beauftragen ein Bestattungsinstitut...«

Er dachte an die Kinder, vielleicht auch an sich selbst. Brassier hatte wohl recht. Sie war tot. Sollte er sie in ihr gemeinsames Bett legen? Oder im Wohnzimmer eine Art Paradebett aufbauen?

»Komm...«

2

Vielleicht war es falsch gewesen, die Gestaltung der Trauerfeier dem Bestattungsinstitut zu überlassen, eine Trauerfeier ohne Kruzifix, ohne den weihwassergetränkten Buchsbaumzweig. Nathalie nahm es ihm übel, und auch die Kinder waren verstört, das spürte er. Die anderen Hausbewohner und die Nachbarn verstanden nicht, warum es keine kirchliche Feier gegeben hatte. Viele fanden, es sei gar keine richtige Beerdigung gewesen.

Hatte sich etwas an ihm verändert? Schwer zu sagen. Jean-Jacques und Marlène sahen ihn irgendwie mit anderen Augen an als früher; er fühlte sich beobachtet.

Er war nicht mehr ein Mensch wie jeder andere, ein Vater wie jeder andere. Er war jetzt Witwer, und er kam mit seiner neuen Rolle schlecht zurecht.

Bis zur Beerdigung auf dem Friedhof von Ivry hatte Brassier sich um alle Formalitäten gekümmert. Er hatte auch das entsprechende Versicherungsformular geprüft und Célerin geraten, es zu unterschreiben und damit auf alle Regreßansprüche gegenüber den Besitzern des Lastwagens zu verzichten.

Wenn die andern wüßten, wie erschöpft er war! Nur seine Mitarbeiter merkten, wie lustlos er arbeitete. Sie hatten es inzwischen aufgegeben, ihn ins Gespräch ziehen zu wollen, um ihn auf andere Gedanken zu bringen.

»Sollen wir eine Flasche Wein holen, Chef?«

»Wenn ihr wollt...«

Aber er trank nichts von dem Beaujolais, den Pierrot besorgt hatte.

Was sie nicht zu begreifen schienen, was niemand zu begreifen schien, nicht einmal Nathalie und die Kinder: daß er nie mehr so sein würde wie früher. Er fragte sich, wie er so viele Jahre fast kindlich sorglos in den Tag hinein hatte leben können.

Die Tage krochen dahin, alles schien grau in grau, und alles drehte sich vom Morgen bis zum Abend nur um einen Menschen, den es nicht mehr gab.

Es war seltsam: Jetzt, da sie tot war, fühlte er sich seiner Frau näher als je zuvor.

Dabei war er ein guter Ehemann gewesen. Er glaubte es zumindest, denn er hatte sich alle Mühe gegeben. Nie hatte er sich ernsthaft für andere Frauen interessiert. Er hatte Annette aus tiefstem Herzen geliebt.

Er hatte ihr nicht widersprochen und meistens nachgegeben.

Es war, als sei sie jetzt für immer untrennbar mit ihm verbunden, und jeder Augenblick, den sie zusammen verbracht hatten, zählte.

Immer wieder streifte ihn unversehens ein Hauch der Vergangenheit. In der Werkstatt beobachteten ihn die anderen aus den Augenwinkeln wie einen, der am Tage nachtwandelt.

Ihre Hochzeitsreise zum Beispiel, für sie beide die erste größere Reise überhaupt. Bis dahin waren sie nur in Caen und in Nevers gewesen, wo ihre Eltern lebten.

Sie hatten beschlossen, für drei Tage nach Nizza zu

fahren. Kein sonderlich originelles Reiseziel, aber sie wollten gern ans Mittelmeer. Vor lauter Aufregung wachte er im Zug bereits bei Tagesanbruch auf und sah über einer Traumlandschaft voll blühender Mandelbäume die Sonne aufgehen. Er kannte Mandelbäume bis dahin nur von Kalenderfotos und weckte Annette, die neben ihn trat und aus dem Fenster sah, wenn auch weniger begeistert als er.

Die ersten Agaven tauchten auf, wenig später die ersten Palmen. Er hielt Annettes Hand, die sie ihm zerstreut überließ, wie ihm nachträglich bewußt wurde. Erst jetzt merkte er, daß ihm auch die kleinste Einzelheit von damals in Erinnerung geblieben war.

Sie frühstückten im Speisewagen, und es war auch das erste Mal, daß sie in einem Speisewagen saßen.

»Bist du glücklich?«

»Ja.«

Dann war plötzlich das blaue Meer da, so blau wie auf den Ansichtskarten, mit kleinen weißen Fischerbooten.

Jetzt, da sie tot war, wurde ihm klar, daß er zwanzig Jahre mit ihr zusammengelebt hatte, ohne sie wirklich zu kennen. Unbewußt versuchte er nun, sie noch im nachhinein zu verstehen.

Ihr Hotelzimmer in Nizza ging aufs Meer hinaus, und er konnte sich an der Aussicht nicht satt sehen. Seine Frau packte unterdessen die Sachen aus.

»Sieh nur ...«

»Gleich ...«

»Da ist ein großer Dampfer, ganz weit draußen ...«

Sie trat für einen Augenblick zu ihm ans Fenster, um ihn nicht zu kränken.

Am Abend gab es dann eine kleine Enttäuschung. Eine große Enttäuschung, um die Wahrheit zu sagen, denn sie sollte unterschwellig ihr ganzes weiteres Eheleben prägen.

Dabei war er sehr sanft gewesen. Es war ihm jedoch nicht gelungen, sie zu erregen oder ihr auch nur ein leises Beben zu entlocken. Er hatte ihr Gesicht ganz nah vor sich gesehen, gleichsam in Großaufnahme, und es war völlig ausdruckslos geblieben.

Es war ihm peinlich, sich dieser ungeteilten Lust hinzugeben.

Aber kam so etwas nicht oft vor? Freunde von ihm hatten das gleiche erlebt, und nach wenigen Tagen hatte es sich gegeben.

»Wie wär's mit einem Spaziergang auf der Promenade des Anglais?«

Sie stimmte zu, ohne Begeisterung, doch sie hängte sich bei ihm ein und ging dicht neben ihm her.

»Schön ist es hier...«

Er fürchtete sich vor der nächsten Nacht. War es seine Schuld? War er zu unbeholfen, zu erregt?

Sie zeigte wieder keinerlei Erregung, aber sie schenkte ihm ein mütterliches Lächeln.

»Bist du enttäuscht?«

»Nein.«

»Ich kann nichts dafür, Georges. Irgend etwas stimmt mit mir nicht. Ich hoffe, das ändert sich mit der Zeit...«

»Aber ja... Mach dir nur keine Sorgen...«

Er las ihr jeden Wunsch von den Augen ab, und jede liebevolle Geste dankte sie ihm mit einem unbestimmten Lächeln.

Es war fast eine platonische Liebe. Außerhalb des Schlafzimmers war sie wieder sie selbst, und erst nach mehreren Monaten spürte er auch bei ihr eine gewisse Erregung.

Im Bad verschloß sie jedoch weiterhin die Tür. Nie sah er sie in der Badewanne oder unter der Dusche, und es kam selten vor, daß er sie überhaupt einmal nackt sah.

Sie hatte wieder angefangen zu arbeiten und entfaltete trotz ihrer zarten Konstitution eine erstaunliche Aktivität.

»Du brauchst nicht mehr zu arbeiten. Ich verdiene genug für uns beide ...«

Damals hatte er noch in der Rue Saint-Honoré gearbeitet und gut verdient. Sie waren in die Wohnung am Boulevard Beaumarchais gezogen, die sie bald vergrößern konnten. Kinder hatten sie noch keine.

Würden sie je welche haben? Célerin begann daran zu zweifeln. Es versetzte ihm jedesmal einen Stich, wenn er daran dachte.

»Magst du Kinder, Annette?«

»Natürlich, wer mag Kinder nicht.«

»Das meine ich nicht. Ich meine, ob du gern mit mir Kinder hättest, Kinder von unserem eigenen Fleisch und Blut ...«

»Warum nicht?«

Er war nicht unglücklich. Er war nie unglücklich gewesen, bis zu dem Tag, an dem die Polizistenmütze im Türrahmen aufgetaucht war.

Er hatte ja sie. War das nicht das Wichtigste? Und nach drei Jahren sagte sie ihm, daß sie schwanger sei. Zum ersten Mal sah er sie freudig erregt.

»Hoffentlich wird es ein Junge ...«

»Egal, ob Junge oder Mädchen: Es ist unser Kind. Und wir können noch mehr Kinder haben ...«

»Ich hätte gern als erstes einen Jungen. Viele Kinder möchte ich nicht. Vielleicht zwei, einen Jungen und ein Mädchen ...«

Während der ganzen Zeit ihrer Schwangerschaft hatte er sie nicht angerührt, aus einer Art Scheu, aus Angst auch, die Vorgänge zu stören, die sich in ihrem Leib vollzogen.

»Du hörst doch hoffentlich auf zu arbeiten, wenn das Kind da ist ...«

»Die ersten Wochen vielleicht, aber auf Dauer würde ich es nicht aushalten, den ganzen Tag nur zu Hause zu sein.«

Sie fragte ihn nicht um Rat. Sie traf ihre Entscheidungen allein.

Kurz zuvor hatten sie Nathalie eingestellt, die in ihrem Haushalt sofort einen wichtigen Platz eingenommen hatte. Annette kümmerte sich nicht um den Haushalt, nicht einmal um den Speisezettel. Sie arbeitete bis zum letzten Monat, als müßte sie sich etwas beweisen.

Doch Célerin war glücklich gewesen. Damals war ihm das alles ganz natürlich erschienen. Erst jetzt dachte er darüber nach und fragte sich, wer die wahre Annette gewesen sei.

Es war ein Junge. Er hätte ihn gern Georges genannt, so wie er selbst hieß, oder auch Patrick, ein Name, der ihm besonders gefiel.

»Nein. Wir nennen ihn Jean-Jacques ...«

Er widersprach nicht. Er war inzwischen Jean-Paul

Brassiers Teilhaber und hatte in der Rue de Sévigné seine eigene Werkstatt. Als junger Mensch hatte er davon geträumt, Bildhauer zu werden. Er war nach Paris gekommen, um sich an der Kunstakademie einzuschreiben. Seinen Unterhalt wollte er sich auf irgendeine Art verdienen, notfalls indem er nachts in den Hallen Obstkisten schleppte.

Doch es kam alles ganz anders. Durch eine Zeitungsannonce erfuhr er, daß in der Rue Saint-Honoré ein Goldschmiedelehrling gesucht wurde, und er bewarb sich um die Stelle, obwohl er dachte, er sei noch zu jung.

Ein paar Wochen später übertrug man ihm bereits schwierige Arbeiten, und als der Vorarbeiter nach drei Jahren in Rente ging, wurde er sein Nachfolger.

Er hatte Annette auf einer kleinen Party in der Avenue d'Orléans kennengelernt, zu der ihn ein verheirateter Freund eingeladen hatte. Es war seine erste Party. Er trank wie alle anderen, und es schien ihm, als würde sein Glas nie leer.

Er hatte zu den Klängen des Plattenspielers getanzt, und irgendwann war er auf ein Mädchen zugegangen, das etwas abseits saß und den anderen beim Tanzen zusah.

»Möchten Sie tanzen?«

»Nein.«

Trotz ihrer abweisenden Haltung setzte er sich neben sie.

»Kennen Sie meine Freunde schon länger?«

»Nein, ich bin zum ersten Mal hier. Außer dem Gastgeber kenne ich nur Lypsky, den kleinen Rothaarigen dort, der mich mitgenommen hat, weil wir in derselben Pension wohnen.«

»Sind Sie Pariserin?«

»Nein, ich stamme aus der Gegend von Nevers.«

»Leben Sie schon lange in Paris?«

»Wieso wollen Sie denn das alles wissen?«

Und durch den Wein ermutigt, hatte er geantwortet:

»Über irgend etwas muß man ja reden, oder?«

»Wenigstens sind Sie ehrlich. Es interessiert Sie gar nicht, ob ich aus Nevers bin oder aus dem Baskenland...«

»Sie könnten tatsächlich aus dem Baskenland stammen, mit Ihren schwarzen Haaren und den braunen Augen... Warum tanzen Sie nicht?«

»Weil ich nicht will... Ich finde es albern, so zu zweit herumzuhopsen...«

»Sind Sie berufstätig?«

»Ja.«

»Arbeiten Sie in einem Büro?«

»Nein.«

»In einem Geschäft?«

»Nein. Geben Sie sich keine Mühe, Sie erraten es doch nicht. Ich bin Sozialarbeiterin.«

»Und was heißt das genau?«

»Daß man sich um alte Leute kümmert, um Pflegebedürftige, um Behinderte aller Art... Wir gehen zu den Ärmsten der Armen, zu denen, die niemanden haben... Wir waschen sie, kochen für sie, machen ein bißchen sauber...«

»Ist das nicht sehr anstrengend?«

»Nein. Man gewöhnt sich daran.«

»Kommt Ihnen das Leben da nicht manchmal trostlos vor?«

»Keiner von ihnen ist ohne Hoffnung. Die meisten sind ganz optimistisch, und ich habe noch von keinem einzigen Selbstmord gehört... Wenn jemand sich umbringt, dann sind es jüngere Leute... Weil sie das Leben nicht kennen.«

Er hätte das Gespräch Wort für Wort aufschreiben können. Zum Schluß hatte er gefragt:

»Darf ich Sie wiedersehen?«

»Warum?«

»Ich bin auch ein einsamer Mensch...«

Sie hatte ihn nicht gefragt, was er machte.

»Ich wohne im Hôtel du Grand-Ours in der Rue Saint-Jacques...«

Der Wein hatte seine Wirkung getan, und alles hatte sich wie in einem Traum abgespielt. Er war überzeugt, daß er sie nie wiedersehen würde, und war darüber auch nicht allzu traurig.

Sie war anders als andere Mädchen. Sie hatte sich einen undankbaren Beruf ausgesucht, vielleicht den undankbarsten überhaupt, doch sie erzählte mit Begeisterung davon.

Drei oder vier Wochen vergingen. Er hatte vergessen, sie nach ihrem Namen zu fragen, aber der Freund, bei dem die Party stattgefunden hatte, konnte ihm helfen.

»Sie heißt Annette Delaine... Bei der kannst du nicht landen, das kann ich dir gleich sagen... Du bist nicht der erste, der sich bei ihr die Zähne ausbeißt...«

»Kennst du sie näher?«

»Wir stammen aus demselben Dorf, ihr Vater ist dort

Lehrer... Wir sind zusammen zur Schule gegangen... Sie ist jünger als ich, und ich hab' sie immer wie ein dummes kleines Mädchen behandelt... Jetzt würde ich das nicht mehr wagen...«

Eines Abends hatte er Theaterkarten gekauft, war in die Rue Saint-Jacques gegangen und hatte an ihre Tür geklopft.

»Wer ist da?«

»Georges Célerin...«

»Wer?«

»Wir haben uns neulich abends bei Raoul länger unterhalten...«

»Warum haben Sie denn nicht angerufen? Die Pension hat schließlich Telefon... Was wollen Sie von mir?«

»Ich habe zwei Karten für die Comédie-Française...«

Er hatte mit Bedacht ein seriöses Theater ausgesucht.

Sie sah ihn neugierig an.

»Haben Sie die Karten gekauft?«

Er wollte schon sagen, er hätte sie geschenkt bekommen. Mit rotem Kopf murmelte er schließlich:

»Ja.«

»Obwohl Sie gar nicht wußten, ob ich mitkommen würde und ob Sie mich überhaupt antreffen?«

»Ja.«

»Was wird denn gespielt?«

»Ein Stück von Feydeau und danach Molière, *Der eingebildete Kranke.*«

»Warten Sie unten auf mich. In einer Viertelstunde bin ich fertig.«

Das war der eigentliche Anfang gewesen. Sie duldete ihn. Von Zeit zu Zeit erlaubte sie ihm, sie ins Theater auszuführen oder sogar ins Kino, wenn ein besonderer Film lief. Anschließend gingen sie in irgendeinem Bistro noch ein Bier trinken und eine Kleinigkeit essen.

Er brachte sie in die Pension zurück. Er spürte deutlich, daß er nicht versuchen durfte, sie zu küssen.

»Danke für den Abend«, sagte sie und gab ihm die Hand wie einem Freund.

Über ein Jahr war es so gegangen. Er war nicht viel weitergekommen, aber er dachte unentwegt an sie. An einem Winterabend, als auf den Straßen Glatteis herrschte, hatte sie sich unwillkürlich bei ihm eingehängt, und er hatte ihre Wärme gespürt.

»Ich würde Sie gern etwas fragen«, begann er zögernd, »aber Sie sagen bestimmt nein.«

»Was denn?«

»Würden Sie mich heiraten?... Ich bin zwar nicht reich, aber ich verdiene genug, und wahrscheinlich werde ich mich bald selbständig machen...«

»Wenn ich nein sagen würde, wären Sie dann sehr traurig?«

»Ja.«

»Würden Sie mich weiter arbeiten lassen, wenn wir verheiratet wären?«

Leise und widerstrebend hatte er geantwortet:

»Ja...«

»Dann ist meine Antwort: vielleicht...«

»Wann sehe ich Sie wieder?«

»Nicht so bald... Ich muß nachdenken...«

Sie hatte »vielleicht« gesagt. Er war ganz aufgeregt vor

Freude, und an diesem Abend erschien ihm sein Zimmer wie ein Palast.

Tatsächlich plante er bereits, sich selbständig zu machen. Brassier hatte noch nicht mit ihm gesprochen. Er wollte sich im Goldschmiedeviertel in der Gegend der Rue des Francs-Bourgeois eine Werkstatt mieten und dort auf eigene Rechnung arbeiten. Im Grunde kam die Goldschmiedekunst, so wie er sie verstand, der Bildhauerei seiner einstigen Träume sehr nahe.

Er würde lauter extravagante Stücke herstellen, nicht die Dutzendware, die seine Arbeitgeber verlangten. Und mit der Zeit würde er sich einen festen Kundenstamm schaffen.

War es nicht ein unerhörtes Glück, eine Frau zu finden, eine Frau, die seine Ehefrau sein würde und die ihn verstehen würde?

Er wartete drei Wochen, dann rief er sie an.

»Haben Sie schon zu Abend gegessen?«

»Nein, noch nicht.«

»Hätten Sie Lust, mit mir essen zu gehen? Es wäre das erste Mal.«

»Wann?«

»In einer Viertelstunde? Ist Ihnen das recht?«

»Ja.«

Er hatte sie in ein Restaurant an der Place des Vosges geführt, an dem er oft vorbeigegangen war, das er jedoch nie betreten hatte, weil es ziemlich teuer aussah.

Sie saßen einander an einem kleinen Tisch gegenüber. Annette hatte ein wenig mehr Make-up aufgelegt als sonst, und sie trug, wenn er sich recht erinnerte, ein blaues Kleid mit weißem Kragen.

»Die Andouillettes stehen in Rot auf der Speisekarte – wahrscheinlich die Spezialität des Hauses.«

»Ich liebe Andouillettes ...«

Er erinnerte sich an alles, an jedes Wort, das sie gesprochen hatten, selbst an das Paar am Nebentisch. Der Mann war dick und stiernackig, und seine Wangen waren von roten Äderchen gesprenkelt. Die Frau war fast genauso dick wie er und trug einen Ring mit einem mindestens neunkarätigen Diamanten.

»Sie fragen mich gar nicht nach meiner Antwort ...«

Sie hatten einen Rosé bestellt, und obwohl sie wenig tranken, fühlten sie doch ein wenig Wärme in ihrem Innern aufsteigen.

»Ich habe Angst. Der Abend ist so schön – ich will ihn nicht verderben.«

»Und wenn ich ja sage?«

»Wirklich?«

Fast wäre er aufgesprungen und hätte sie auf beide Wangen geküßt.

»Ja. Sie sind ein tüchtiger Mann, und ich mag Sie sehr gern. Wir werden immer gute Freunde sein ...«

Damals hatte er diesen kleinen Satz nicht weiter beachtet, doch jetzt fiel er ihm wieder ein und stimmte ihn nachdenklich.

»Sind Sie glücklich?«

»Ich bin der glücklichste Mensch der Welt.«

»Als erstes müssen wir eine Wohnung finden.«

»Ich mache mich gleich morgen auf die Suche ... In welchem Stadtteil würden Sie gern wohnen?«

»In diesem hier ... Das ist mein Revier ... Hier kenne ich mich aus ...«

Jetzt war sie tot, und in den zwanzig Jahren ihrer Ehe hatte er nichts begriffen.

»Wir werden immer gute Freunde sein ...«

Waren sie das nicht in der Tat gewesen?

»Würde es Ihnen etwas ausmachen, wenn ich eine Flasche Champagner bestelle?«

»Ich trinke aber nur ein Glas ...«

Er rief den Ober, der kurz darauf einen silbernen Sektkühler brachte, aus dem der Flaschenhals hervorsah. Es war das erste Mal, daß er in einem Restaurant Champagner bestellte. Er hatte überhaupt erst zwei- oder dreimal in seinem Leben Champagner getrunken.

»Auf unser Leben, Annette ...«

»Auf unser Wohl ...«

Sie hatten miteinander angestoßen und sich beim Trinken in die Augen geblickt.

Dann hatte er sie zu ihrem Hotel zurückbegleitet. Sie selbst hatte gesagt:

»Heute dürfen Sie mich küssen ...«

Er küßte sie auf die Wangen; ihre Lippen streifte er nur zart.

»Wann sehe ich Sie wieder?«

»Nächsten Mittwoch?«

»Wollen wir dann wieder essen gehen?«

»Ja, aber dann nicht in ein so teures Restaurant ...«

Und nach einer Pause fügte sie hinzu:

»Und ohne Champagner ...«

Während er so seinen Erinnerungen nachhing, registrierte er dennoch automatisch, was um ihn her vorging. Ohne Annette wollte er nicht mehr leben, er wünschte, die Erde stünde still, doch beim Betreten der Werkstatt in der Rue de Sévigné fiel sein Blick auf das Fenster, das einen seit drei Tagen unverändert tiefblauen Himmel einrahmte, vor dem sich das Rosa der Schornsteine gegen die grauen Dächer abhob.

Er begrüßte jeden einzelnen seiner Mitarbeiter mit einem freundlichen Wort, so daß sie glaubten, er habe das Schlimmste überstanden.

Er arbeitete an der Brosche weiter, über deren Entwurf er gesessen hatte, als ihm der Polizist die Unglücksbotschaft überbracht hatte. Und er arbeitete mit einer Hingabe, als sei das Schmuckstück für Annette.

Für ihn war sie nicht tot, und zu Hause am Boulevard Beaumarchais setzte er manchmal zum Sprechen an und merkte dann, daß sie nicht da war.

Vor seinen Kindern und Nathalie paßte er besser auf, er zeigte sich interessiert, wenn auch nur aus Gewohnheit.

Eines Abends, als er mit seinem Sohn allein war, fragte Jean-Jacques, als sei es die natürlichste Sache der Welt:

»Sag mal, Vater, willst du nicht wieder heiraten?«

Es war deutlich zu spüren, daß er nichts dabei gefunden hätte und über eine neue Frau vielleicht sogar froh gewesen wäre.

»Nein, Jean-Jacques.«

»Warum nicht?«

»Dazu habe ich deine Mutter zu sehr geliebt.«

»Aber deshalb brauchst du dich doch nicht für den Rest deines Lebens zu vergraben und Trübsal zu blasen. Irgendwann gehe ich aus dem Haus, das dauert gar nicht mehr lange. Und Marlène wird heiraten ... Dann bleibt nur noch Nathalie, die sich um dich kümmert, und sie ist auch schon alt und kann nicht ewig arbeiten ...«

»Lieb von dir, daß du dir Gedanken um mich machst. Aber deine Mutter kann niemand ersetzen ...«

Das Gespräch hatte ihn überrascht, besonders die praktische Nüchternheit, mit der dieser Sechzehnjährige das Leben betrachtete. Immerhin hatte er seine Mutter verloren, und doch schien es ihm selbstverständlich, daß sein Vater wieder heiratete.

Die Bäume schlugen aus. Die Männer gingen bereits ohne Mantel durch die Straßen, und die Frauen sahen fröhlich und beschwingt aus in ihren hellen, frühlingshaften Kleidern.

Er erinnerte sich daran, wie er den Stadtteil erkundet hatte. Er war zu dieser Zeit bereits mit Jean-Paul Brassier befreundet gewesen, dem Chefverkäufer, der wegen seines sicheren, bestimmten Auftretens von allen im Juweliergeschäft respektvoll Monsieur Brassier genannt wurde.

Er war ein Mensch, für den es im Leben keine Probleme gab.

Und er war der erste, dem Célerin von seinen Heiratsplänen erzählte.

»Du auch?« rief Brassier.

»Du kennst sie. Sie war vor einem Jahr auf der Party in Raouls neuer Wohnung. Apropos Wohnung: Ich muß so schnell wie möglich eine finden. Wie können wir heiraten, wenn wir kein Dach über dem Kopf haben?«

»Am besten, du gehst zu einem Makler ...«

Zwei Wochen später wurde ihm die Wohnung am

Boulevard Beaumarchais angeboten, und er war begeistert. Es waren allerdings nur zwei Zimmer, wenn auch ziemlich große, eine winzige Küche und ein Bad.

»Ich hab' eine Überraschung für dich. Rat mal!«

Sie lächelte ihn an:

»Ich weiß, was es ist.«

»Was?«

»Eine Wohnung.«

»Ja, gleich um die Ecke sozusagen. Für dich genauso nah zur Arbeit wie für mich...«

Er war überglücklich, daß sie bald täglich zusammensein würden. Er konnte nicht mehr ohne sie sein. Am liebsten wäre er von morgens bis abends und von abends bis morgens mit ihr zusammengewesen.

»Und wo?«

»Am Boulevard Beaumarchais... Groß ist sie nicht, aber für den Anfang genügt es...«

Es war acht Uhr abends, zu spät, um noch zur Concierge zu gehen und die Wohnung zu besichtigen. Sie saßen in einem kleinen Restaurant, das sie in der Rue de Béarn entdeckt hatten. Es gab dort noch eine richtige Zinktheke, Papiertischdecken, und durch die offene Küchentür sah man die Wirtin mit ihren Töpfen hantieren.

»Wollen wir gleich morgen hingehen?«

»Dann aber früh, ich habe viel zu tun...«

Auch er hatte viel zu tun. Aber war die Wohnung – und das hieß ihre Heirat – nicht das allerwichtigste?

»Wann?«

»Um acht...«

»Ich warte vor deiner Pension auf dich...«

Jetzt, zwanzig Jahre später, war ihm klar, daß von ihnen beiden nur er sich so gefreut hatte, und er begriff es nicht. Die Concierge, eine kurzbeinige Person, hieß Madame Molard.

»Aha, Sie sind das, Sie will der junge Mann also heiraten... Soso! Na, da hat er ja keine schlechte Wahl getroffen... So ein hübsches, junges Ding...«

Sie stieg mit ihnen in den dritten Stock, schloß die Wohnungstür auf und ließ sie dann allein.

»Wenn die Zimmer leer sind, sieht es natürlich nach nichts aus. Aber ich werde Möbel für uns kaufen. Ich habe etwas gespart...«

»Gut«, sagte sie und trat ans Fenster, vor dem das Laub der Bäume einen grünen Vorhang bildete.

»Bekomme ich keinen Kuß?«

»Doch...«

»Dieses Zimmer hier könnte das Schlafzimmer werden. Das andere ist größer, das können wir als Wohn- und Eßzimmer nehmen. An Möbeln kaufen wir für den Anfang nur das Nötigste; später schaffen wir uns dann schönere an...«

»Ich bin nicht wählerisch. Ich sehe soviel Elend...«

Damals waren ihre Worte ihm nicht weiter aufgefallen, doch als er jetzt wieder daran dachte, verstand er sie anders.

»Bis in zwei Wochen habe ich alles besorgt...«

»Hast du es so eilig?«

»Ja... Ich kann an gar nichts anderes mehr denken...«

In der Rue Saint-Honoré fehlte er jetzt häufig. Sein Chef hatte jedoch zum Glück Verständnis für seine Lage und drückte ein Auge zu.

In einem großen Kaufhaus besorgte er fast alles, was sie brauchten.

»Und die Wäsche?«

Er ging in die Wäscheabteilung und kaufte Laken, Kopfkissenbezüge, Handtücher, Badetücher... Sein kleines Kapital war bald fast völlig aufgebraucht.

Aber er konnte heiraten! Alles war bereit.

»Komm morgen früh mit mir, ich hab' eine Überraschung für dich...«

Vor der Wohnungstür bat er sie, die Augen zu schließen. Er führte sie an der Hand in die Mitte des Wohnzimmers, in dem sogar ein Fernsehapparat stand.

»Jetzt schau...«

»Das ist aber schnell gegangen...«

»Es ist auch noch nicht fertig. Wie findest du diese alten Möbel, die man zum Beispiel bei den Notaren auf dem Land sieht?«

»Schön...«

»Solche werden wir uns nach und nach kaufen... Ich möchte, daß alles um dich herum perfekt ist...«

Sie blickte ihn mit einem leisen Lächeln an. Ein Hauch von Zärtlichkeit lag darin, aber vielleicht auch ein Hauch von Ironie.

»Hast du eine Freundin, die deine Brautjungfer und Trauzeugin sein könnte?«

»Meine Amtsleiterin. Sie ist zwar etwas alt und steif...«

»Hör zu, ich habe einen Freund, Brassier. Er ist seit zwei Jahren verheiratet, mit einer sehr hübschen Frau. Ich werde dich mit den beiden bekannt machen, dann kannst du seine Frau fragen, ob sie deine Trauzeugin werden will. Er ist mein Trauzeuge...«

Eveline Brassier war mehr als hübsch. Sie war schön: eine hochgewachsene, geschmeidige Gestalt mit einem fein modellierten, von langem, naturblondem Haar umrahmten Gesicht.

Sie bewegte sich anmutig, doch lag in ihren Gesten stets eine gewisse Mattigkeit, die eher an eine Treibhaus- als an eine Freiluftpflanze erinnerte.

Célerin lud die beiden in das Restaurant an der Place des Vosges ein. Brassier besaß einen roten Alfa Romeo, einen Zweisitzer, auf den er sehr stolz war.

»Also, wann wollt ihr heiraten?«

Annette wies auf Célerin.

»Da müssen Sie ihn fragen, er ist zuständig ...«

»In der zweiten Märzhälfte? ... Sagen wir, am 21. ... Das kann man sich gut merken ...«

Und Brassier fragte:

»Wie viele Gäste?«

»Nur wir vier.«

»Niemand von der Familie?«

»Unsere Eltern leben auf dem Land, weit weg von hier ... Wir möchten lieber eine Hochzeit im allerengsten Kreis ...«

Und die bekamen sie, zwischen zwei anderen Trauungen, im Bezirksamt des 3. Arrondissements. Danach gingen sie in das Restaurant an der Place des Vosges, und dieses Mal protestierte Annette nicht, als Célerin mit dem Dessert Champagner bestellte.

Er war glücklich. Er sah nur sein Glück. Von nun an würde er mit ihr zusammenleben. Jeden Morgen würde er sie sehen, jeden Mittag, jeden Abend, und nachts würde er neben ihr schlafen.

Noch am selben Abend fuhren sie im Nachtzug nach Nizza. Er war außer sich vor Glück. Er lebte wie in einem Traum, trotz der Frigidität seiner Frau.

»Das kommt schon mit der Zeit.«

Nach ihrer Rückkehr spielte sich, auch mit der Zeit, ihr Zusammenleben ein. An eine Haushaltshilfe war im Moment noch nicht zu denken, damit würden sie noch warten müssen. Annette arbeitete fast den ganzen Tag. Mittags trafen sie sich zum Essen in einem der kleinen Restaurants des Viertels, die sie bald alle kannten.

Abends kam seine Frau vor ihm nach Hause und bereitete ihm ein einfaches Abendessen, im Sommer oft nur ein kaltes.

»Wollen wir nicht einmal unsere Eltern besuchen?«

Sie nahmen sich zwei Tage Urlaub und fuhren in das Dorf bei Nevers. Es wirkte hell und freundlich. Annettes Vater war ein großer, knochiger Mann mit einem Spitzbart. Er begrüßte Célerin mit einem kräftigen Händedruck.

»Ich freue mich sehr, Sie zum Schwiegersohn zu haben ... Ich frage mich, wie Sie das geschafft haben ... Ich selber habe nie mehr als zehn Worte auf einmal aus ihr herausgekriegt ...«

Eine Flasche Weißwein erschien auf dem Tisch. Die Mutter kam mit den Einkäufen für das Abendessen nach Hause.

»Ihr übernachtet doch hoffentlich bei uns? Ihr könnt Annettes Zimmer haben, es ist nie mehr benutzt worden ...«

Es hatte ihn gerührt, in dem Zimmer zu schlafen, in

dem sie ihre Kindheit und Jugend zugebracht hatte. Das Bett war schmal für zwei, aber es ging.

»Darf ich?« fragte er und umfaßte den Griff einer Schublade.

»Da wird nichts mehr drin sein ...«

Doch. Schulhefte waren darin, mit einer sehr kleinen, aber außerordentlich regelmäßigen Schrift.

»Warst du eine gute Schülerin?«

»Ich war immer die Klassenbeste ...«

An den Wänden waren bunte Blumentapeten. Die Kommode gefiel Célerin, aber er wagte nicht zu fragen, ob sie sie haben könnten.

Am frühen Nachmittag fuhren sie wieder ab, mit einer Kleinbahn bis Nevers und von dort mit dem Zug nach Paris zurück.

Er war nicht enttäuscht. Nichts konnte ihn damals enttäuschen. Er war voll überschäumender Lebensfreude. Und war er das nicht immer gewesen? Er übertrieb nicht und sprach wenig, aber er kostete die Stunden aus, so wie ein Kind genußvoll sein Eis schleckt.

Jetzt wußte er, was vollkommenes Glück war, wie er es nannte.

»Bist du glücklich?«

»Warum fragst du mich das immer wieder? Nicht nur einmal am Tag, dreimal, viermal ...«

»Weil ich möchte, daß du genauso glücklich bist wie ich ...«

»Ich bin glücklich ...«

Sie sprach das Wort auf andere Weise aus als er. Abends sah sie lieber fern, als sich mit ihm zu unterhalten. Er saß neben ihr und richtete den Blick ebensooft auf sie wie auf den Bildschirm, bis es ihr schließlich lästig wurde.

»Hab' ich einen Fleck auf der Backe?«

»Nein.«

»Warum drehst du dich dann dauernd zu mir um?...«

Sie begriff nicht, daß er sie anbetete. Nach einem Jahr hatten sie noch immer kein Kind. Manchmal waren sie bei den Brassiers in der Avenue de Versailles zum Essen eingeladen. Sie hatten ein Dienstmädchen, und es schmerzte Célerin, daß er seiner Frau nicht das gleiche bieten konnte.

Die Célerins konnten die Brassiers nur ins Restaurant einladen, denn Annette konnte nicht kochen, wie sie ihm vor ihrer Heirat freimütig gestanden hatte.

»Nur weiche Eier und Spiegeleier...«

Sonntags machten die Brassiers lange Wanderungen in der Umgebung. Oft fuhren sie schon am Samstag los und übernachteten in irgendeinem malerischen Landgasthaus.

Célerin und Annette streiften sonntags durch die Straßen und erkundeten neue, unbekannte Stadtviertel, oder sie mischten sich unter die Menge, die sich langsam über die Champs-Elysées bewegte.

Bei schlechtem Wetter gingen sie ins Kino.

Ob seine Frau ihr Leben eintönig fand? Was konnten sie anderes tun, solange sie kein Auto hatten? Er nahm sich vor, Überstunden zu machen, damit er eines kaufen konnte. Nicht gleich einen Alfa Romeo, sondern zunächst einen kleinen, billigen Wagen.

Sie beklagte sich nie. Stets lag ein leichtes Lächeln auf ihren Lippen, als sei sie in ein Selbstgespräch vertieft.

»Woran denkst du?«

»An nichts Bestimmtes ... An dich ... Daran, wie du mich verwöhnst ...«

Seine Familie besuchten sie an einem heißen Wochenende im Hochsommer. Sie fuhren mit dem Zug bis Caen und mußten dort lange auf eine Verbindung zu dem Dorf warten, das im Grunde nicht mehr als ein Weiler war. Das Haus war klein und ärmlich, und auf der Weide grasten nur drei Kühe, zwischen denen eine Sau mit ihren Ferkeln umherlief. Der Misthaufen reichte fast bis an die Küche, doch im Haus war es sauber.

Célerins Vater war ein stämmiger, derber Mann mit dem hochroten Gesicht des Trinkers. Seine Frau war tot, nur eine alte Magd lebte bei ihm.

»Sieh an! Da ist er ja, der Kleine!«

Er sprach undeutlich und mit starkem Akzent, so daß er kaum zu verstehen war.

»Und das ist die Frau, von der du mir geschrieben hast?«

»Ja, das ist meine Frau.«

»Nicht schlecht. Ein bißchen mager für meinen Geschmack, wenn ich ehrlich sein soll, aber trotzdem, ein hübsches Frauenzimmer ...«

Fast als würde er einem Ritual folgen, trat er an das Büfett, nahm eine Flasche Calvados heraus und füllte vier Gläser.

»Das ist die Justine«, brummte er und zeigte auf die Magd. »Als ihr Mann gestorben ist, wußte sie nicht, wohin, und da hab' ich sie bei mir aufgenommen ...«

Justine sah aus wie ein Rabe und wagte nicht, den Mund aufzumachen.

»Also, Prost allerseits ...«

Er leerte sein Glas in einem Zug. Annette bekam einen Schluckauf, denn der Calvados hatte mindestens fünfundsechzig Prozent. Der Alte brannte ihn selbst.

»Bißchen stark für die Kleine, was? Da merkt man doch gleich das Stadtkind ...«

»Sie kommt auch vom Land.«

»Von wo?«

»Aus der Gegend von Nevers ...«

»Keine Ahnung, wo das ist ...«

Er musterte sie von Kopf bis Fuß, so wie er eine Kuh auf dem Viehmarkt in Augenschein genommen hätte, und sein Blick verharrte auf dem Bauch der jungen Frau.

»Noch nichts Kleines unterwegs?«

Sie errötete. Célerin spürte, daß sie unglücklich war. Sein Vater füllte die Gläser von neuem. Er mußte schon vor ihrer Ankunft getrunken haben.

Auch Célerin war unglücklich, weil der Besuch ein Fehlschlag war. Aber sie mußten bleiben, bis der Zug ging.

»Zeit zum Melken, Justine ...«

Innerhalb von zwei Stunden trank sein Vater sechs Gläser Calvados, und als er aufstand, schwankte er so stark, daß er sich einen Augenblick an der Tischkante festhalten mußte.

»Macht euch um mich keine Sorgen. Ich schaff' auch noch den Rest der Flasche ...«

Er steuerte auf die Wiese zu, und als das Paar aufbrach, bekam er es nicht mehr mit, weil er mitten in der prallen Sonne im hohen Gras lag und schnarchte.

»Es tut mir leid ...«

»Was?«

»Daß ich dir das zugemutet habe... Aber einmal mußten wir ja herkommen. Wenn er so weitermacht, wird er wohl nicht mehr lange leben...«

»Ach, weißt du, Georges, das bin ich gewöhnt. Ich bin ja selbst auf dem Land aufgewachsen, und jedes Dorf hat seinen Trinker... Und in Paris, bei meiner Arbeit, habe ich auch manchmal mit solchen Leuten zu tun...«

»Und was machst du dann?«

»Ich wasche ihnen Gesicht und Hände... Ich gebe ihnen heißen Kaffee zu trinken und halte ihnen notfalls den Kopf dabei, und ich stelle ihnen etwas zu essen hin.«

War es für sie eine Berufung? Sie klammerte sich an ihre Arbeit, vielleicht mehr als an ihre Liebe. Er wagte nicht, ihr dazu Fragen zu stellen, denn er fühlte, daß dieses Thema tabu war.

Sie war nicht gläubig, also war es keine religiöse Berufung, Nächstenliebe vielleicht? Oder Mitleid? Oder wollte sie spüren, daß sie gebraucht wurde? Er wußte es nicht. Er hatte es auch damals nicht gewußt, und jetzt, da sie tot war, würde er es ohnehin nicht mehr erfahren.

Zwanzig Jahre hatte er gesehen, wie sie lebte. Jeden Tag, oder fast jeden Tag, hatte er mit ihr gefrühstückt, und ihre Abende hatten sie stets zusammen verbracht.

Was wußte er? Je mehr Vergangenes wieder vor ihm aufstieg, in ungeordneten Erinnerungen, die ihn ganz plötzlich überkamen, desto verwirrter wurde er. Aber er hatte das Bedürfnis zu verstehen. Er dachte nach. Er stellte zwischen den Ereignissen Zusammenhänge her und hoffte, auf diese Weise ein wenig klarer zu sehen.

Deshalb mußte sie weiterleben, und das konnte sie nur noch in ihm.

Solange sie in seinem Herzen lebte, war sie nicht ganz tot.

Für die Kinder war alles schon Vergangenheit, und sie konnten in unbeteiligtem Ton von ihr sprechen wie von einer Fremden. Hatte Jean-Jacques ihn nicht ganz ruhig gefragt, ob er sie nicht ersetzen wolle?

Eines Tages hatte Brassier ihn ohne Annette in ein Restaurant zum Essen eingeladen.

»Was will er denn von dir?«

»Ich habe keine Ahnung.«

»An deiner Stelle wäre ich vorsichtig. Gegen Brassier kommst du nicht an. Außerdem ist er sehr ehrgeizig. Für ihn zählt nur der Erfolg ...«

3

Brassier hatte ihn in eines der vornehmsten Pariser Restaurants geführt. Célerin fühlte sich dort gar nicht wohl. Die Wahl des Restaurants war typisch für seinen Freund, der einen fast kindischen Hang zur Prahlerei hatte. Seine Kleidung ließ er bei einem der besten Schneider anfertigen, und seine Krawatten kaufte er an der Place Vendôme.

Ein Servierwagen mit mehr als zwanzig Vorspeisen wurde herangeschoben, und Célerin wußte nicht, was er bestellen sollte. Manche der Gerichte hatte er noch nie gesehen, kleine grüne Rollen zum Beispiel, die nichts anderes waren als gefüllte Weinblätter.

Genoß Brassier seine Verwirrung? Es war nicht auszuschließen. Auch das lag in seiner Natur.

Während der Vorspeise sprachen sie nur über belanglose Dinge. Als die Lammkoteletts serviert wurden, war Célerin bereits satt.

»Ich wollte unter vier Augen mit dir reden, weil ich große Pläne habe.«

»Für wen?«

»Für dich und für mich. Du bist der beste Goldschmied in der Werkstatt, wenn nicht in ganz Paris ...«

Er wollte protestieren.

»Doch, doch! Von deinen Sachen verkaufe ich doppelt soviel wie von den anderen. Und dabei läßt man dir noch nicht einmal völlig freie Hand... Du hast deinen eigenen Stil, und der gefällt den Kunden...«

Er schob seinen Teller zurück und zündete sich mit einem goldenen Feuerzeug eine Zigarette an.

»Und mich selbst halte ich für einen erstklassigen Verkäufer...«

Das war nicht übertrieben.

»Ich habe eine kleine Erbschaft gemacht... Eine Tante von mir... Ich bin Alleinerbe... Ihr Leben lang hat sie sich nichts gegönnt und alles auf die hohe Kante gelegt... Für ihre alten Tage, wie sie sagte... Sie war achtundachtzig und hat immer noch gespart...«

Brassier lächelte und zog an seiner Zigarette.

»Was ich dir vorschlage, ist eine Art Partnerschaft...«

»Aber ich habe kein Geld...«

»Das brauchst du auch nicht... Ich habe genug... Du arbeitest selbständig, wie die meisten Goldschmiede und Diamantschleifer... Ich habe da schon etwas im Auge... Für den Anfang stellen wir nur ein oder zwei Gesellen und einen Lehrling ein...«

Es war gewissermaßen ein historischer Tag für Célerin, und plötzlich störte ihn das luxuriöse Restaurant nicht mehr. Sie hatten auch schon eine Flasche Wein geleert, und eine zweite wurde gerade entkorkt.

»Ich kümmere mich um die Kunden, und du bist für die Werkstatt zuständig... Ich zahle dir ein festes Gehalt, genausoviel, wie du bei Monsieur Schwartz bekommst, und zusätzlich wirst du mit einem Viertel am Gewinn beteiligt...«

Célerin wußte nicht, was er sagen sollte. Es war unfaßbar. Er hatte immer davon geträumt, seine eigene kleine Werkstatt zu haben, selbst wenn er dort allein arbeiten mußte.

»Du brauchst mir nicht sofort zu antworten. Denk erst einmal ein paar Tage darüber nach. Ich würde dir nur gern die Räume zeigen, die ich ausfindig gemacht habe...«

Was sie zum Nachtisch gegessen hatten, wußte Célerin später nicht mehr. Er stieg in den Alfa Romeo, und sie fuhren mit offenem Verdeck in Richtung Rue des Francs-Bourgeois. In der Rue de Sévigné stiegen sie die vier Etagen hinauf, und dann war es, als zeigte man einem Kind ein langersehntes Spielzeug.

»In diesem Raum kann später eine Verkäuferin arbeiten, und an den Wänden stellen wir Vitrinen mit den schönsten Stücken auf...«

Was Célerin jedoch am meisten gefiel, war das große, helle Zimmer. Er sah sich dort bereits an seinem Arbeitstisch, mit zwei oder drei Mitarbeitern...

»Sag mir bis Mittwoch, wie du dich entschieden hast... Oder sagen wir Donnerstag, dann hast du etwas mehr Zeit.«

Er war nahe daran zu sagen, er habe sich bereits entschieden und nehme das Angebot an, doch er wollte erst noch mit Annette darüber sprechen.

»Der Firmenname ist ›Brassier & Célerin‹...«

»Das wäre aber nicht in Ordnung, weil ich doch nur...«

»Doch, doch, ich hab' es mir gut überlegt...«

Zu Hause wartete er ungeduldig auf Annette. Er hatte es eilig, ihr von den Dingen zu berichten, die vermutlich ihr ganzes bescheidenes Leben von Grund auf ändern würden.

»Weißt du was? ... Ich mache mich selbständig ...«

Sie sah ihn neugierig an.

»Was willst du damit sagen?«

»Brassier und ich, wir gründen einen eigenen Betrieb ...«

»Und mit welchem Geld?«

»Er hat eine Erbschaft gemacht ... Und ich stelle den Schmuck her ... Zusätzlich zu meinem Gehalt bin ich mit einem Viertel am Gewinn beteiligt ...«

»Das freut mich für dich.«

»Jetzt können wir bestimmt ein Dienstmädchen einstellen ...«

»Aber wo bringen wir die unter?«

»Ich weiß nicht, das wird sich dann schon finden.«

Einen Monat später war der Verkaufsraum fertig eingerichtet, ebenso wie die Werkstatt, mit ganz neuem Werkzeug.

Célerin hatte Jules Daven eingestellt, den er vom Hörensagen kannte, und durch ihn hatten sie Raymond Létang gefunden.

Er selbst hatte bei Monsieur Schwartz gekündigt, der ihm ironisch viel Glück gewünscht hatte.

Die Ereignisse hatten sich überstürzt. Es war, als gingen alle ihre Wünsche gleichzeitig in Erfüllung. Ihre Nachbarn am Boulevard Beaumarchais zogen aufs Land. Célerin konnte ihre Wohnung dazumieten und erhielt die Genehmigung, eine Wand durchzubrechen.

»Stell dir vor, Annette ...«

»Ja, wir werden viel Platz haben ...«

Die Wohnung war jetzt fast zu groß für sie.

»Wenn Kinder kommen, dann wissen wir, wohin mit ihnen...«

Fast sofort hatte Brassier ihm Aufträge vermittelt. Célerin und seine beiden Mitarbeiter hatten alle Hände voll zu tun.

Die Vitrinen füllten sich mit den schönsten Stücken. Als ein Jahr um war, brauchten sie eine Verkäuferin, die sich um die Kunden und um die Buchhaltung kümmerte. Wieder war es Brassier, der Madame Coutance fand. Sie wurde auf Anhieb von allen akzeptiert.

Alles war fast zu schön, um wahr zu sein, und Célerin lebte wie in einem Traum. Er entwarf moderne Schmuckstücke, bei denen die Goldschmiedearbeit eine größere Rolle spielte als die Steine.

Dann kam noch Pierrot dazu, und zwischen ihnen allen herrschte bestes Einvernehmen.

Brassier kam nur alle zwei oder drei Tage kurz vorbei, um Schmuckstücke abzuholen, die er dann den Juwelieren anbot. Er verbreitete stets eine geschäftige Betriebsamkeit, als sei er ein überaus bedeutender Mann.

»Wir bauen uns ein Haus in der Gegend von Rambouillet... Ich habe genug von Paris, und meine Frau auch...«

»Und wo genau?«

»In einem winzigen Nest, Saint-Jean-de-Morteau, direkt am Waldrand... Wenn es fertig ist, müßt ihr alle zur Einweihung kommen...«

Célerin war nicht neidisch. Er fand, er hatte den besseren Teil gewählt. Er hatte das Gefühl, daß er mit jedem neuen Schmuckstück einen Schritt voran tat. Seine alten Träume von der Bildhauerei wurden auf einer anderen Ebene wahr.

Er und Annette inserierten in zwei Zeitungen, um eine Haushaltshilfe zu finden. »Familienanschluß« hatten sie dazugeschrieben.

Und wieder geschah ein Wunder. Die erste, die sich meldete, war Nathalie.

»Wie viele Personen sind Sie?«

»Nur zwei ... Bis jetzt jedenfalls ...«

»Ich mag Kinder sehr gern«, sagte sie mit ihrem klangvollen Akzent.

Denn obwohl sie in Frankreich zur Schule gegangen war, hatte sie doch einen leichten russischen Akzent beibehalten. Noch ehe drei Tage um waren, hatte sie alles im Griff. Als erstes übernahm sie in der Küche das Regiment.

»Sie können nicht ewig im Restaurant zu Mittag essen und oft auch noch zu Abend. Über kurz oder lang werden Sie magenkrank, wenn Sie so weitermachen.«

Sie nahm kein Blatt vor den Mund und wußte sich durchzusetzen.

Annette machte das nichts aus. Es schien für sie nur ihren Beruf zu geben, den Rest überließ sie Nathalie.

Jetzt konnte er sich kaum noch vorstellen, daß ihr Leben einmal anders ausgesehen hatte.

Als seine Frau schwanger wurde, war er vor Freude außer sich. Er wußte nicht mehr, wie man auf Jean-Jacques gekommen war. Er nahm an, seine Frau habe den Namen ausgesucht. Sie hatte in einer Klinik entbunden, wo er sie zweimal am Tag besuchte und so lange blieb, bis sie ihn mehr oder weniger hinauswarf.

»Du mußt jetzt gehen, Georges... Die Schwestern machen sich schon über dich lustig...«

»Aber es ist doch nicht verboten...«

Es war eine Privatklinik ohne feste Besuchszeiten. Er brachte Berge von Blumen und Süßigkeiten mit, und auch die Schwestern gingen nicht leer aus.

Konnte man überhaupt glücklicher sein?

Brassier fragte ihn jedesmal, wenn er ihn sah, nach Annette und dem Kind.

»Du wirst es bald sehen... Im übrigen kannst du sie ja in der Klinik besuchen...«

Sie ließen es in der Kirche Saint-Denis-du-Saint-Sacrement taufen. Taufpate war Brassier, Taufpatin Jules Davens Frau.

Nathalie legte Wert darauf, daß das Taufessen zu Hause stattfand, und sie servierte ein herrliches Essen, so als sei sie ihr Leben lang Köchin gewesen. Eveline Brassier erschien in äußerst eleganter Aufmachung, wie zu einer großen Gesellschaft.

Sie sprach wenig und wirkte stets ein wenig traumverloren. Das Haus der beiden bei Rambouillet war fast fertig.

Die Geschäfte gingen blendend, der Kundenkreis wuchs.

»Trotzdem nehme ich nur Aufträge für Einzelstücke entgegen. Ich will, daß wir dafür bekannt werden.«

Ihr Ruf verbreitete sich rasch, und Madame Coutance empfing zahlreiche Besucher, unter ihnen auch die Papine, wie man sie hinter ihrem Rücken nannte. Bald war sie ihre beste Kundin.

Madame Veuve Papin, geborene de Molincourt...

Die Kugellagerfirma lief auch ohne sie, und sie beschränkte sich darauf, den Gewinn einzustreichen.

Sie wohnte in der Avenue Hoche und spielte den größten Teil des Nachmittags Bridge.

All das war eine Welt, die Geborgenheit und Behagen vermittelte. Annette wurde wieder schwanger. Sie schien nicht begeistert. Es war ein Mädchen, Marlène. Es gab genau das gleiche Essen wie bei Jean-Jacques' Taufe, und auch die Paten waren dieselben.

Die Brassiers kamen von Zeit zu Zeit zum Abendessen, und Nathalie servierte russische Gerichte.

Zusätzlich zu seinem Alfa Romeo hatte Brassier sich einen Kombi angeschafft, in dem acht Personen Platz fanden. In diesem Wagen nahm er Célerin und seine Frau eines Sonntags mit aufs Land, um ihnen sein neues Haus zu zeigen.

Das Haus war in einem unaufdringlich rustikalen Stil erbaut. Innen war es gemütlich, die Möbel waren ebenso wie die Teppiche und Bilder von erlesenem Geschmack. Die vorherrschende Farbe war ein gedecktes Weiß.

Sie machten einen Rundgang durch das Haus. Die Kinder hatten sie bei Nathalie gelassen. Sie hing so sehr an ihnen, daß sie eifersüchtig wurde, wenn Annette sie auf den Arm nahm.

Auch Célerin kaufte ein Auto, einen einfachen Citroën, den er hauptsächlich für seine Fahrten zu den öffentlichen Versteigerungen im Umkreis von Paris benutzte. Er kaufte nie viel auf einmal, auch keine ausgefallenen Stücke. Es waren solide alte Provinzmöbel, die er dann eigenhändig auf Hochglanz brachte.

Annette begleitete ihn selten. Hatte ihre zweifache

Mutterschaft sie so verändert? Ihr Gesicht war weicher geworden, und ihre Augen lachten oft. Endlich schien sie das Leben zu genießen, zumindest außerhalb ihrer Arbeit in den Elendsvierteln, der sie auch weiterhin nachging.

Sie trug stets Dunkelblau, eine Farbe, für die sie sich ein für allemal entschieden zu haben schien, doch lokkerte sie ihre Kleidung mit allerlei Accessoires auf.

Eines Tages fragte sie ihn ohne Umschweife:

»Was hältst du von Eveline?«

»Ich weiß nicht. Man kommt nicht recht an sie heran ...«

»Hättest du sie geheiratet, wenn sie noch frei gewesen wäre?«

»Nein.«

»Aber sie ist sehr schön.«

»Nicht so schön wie du.«

»Das ist doch Unsinn. Ich bin nicht schön. Ich bin zwar nicht gerade häßlich, aber kein Mensch dreht sich nach mir um. Eveline dagegen könnte Mannequin sein oder Filmstar... Vor allem ist sie groß und schlank, und ich bin ziemlich klein ...«

»Warum fragst du?«

»Weil ich über sie nachgedacht habe... Sie kommt so selten in die Stadt, nur zweimal in der Woche, und dann geht sie zum Friseur. Sie tut alles für ihre Schönheit, aber sie trifft kaum Leute... Manchmal hört sie den ganzen Tag nur Musik und liest Zeitschriften ...«

»Woher weißt du das?«

»Jean-Paul hat es mir erzählt ...«

»Ist er nicht glücklich mit ihr?«

»Vielleicht ist sie genau die Art von Frau, die er gebraucht hat... Ein hübsches Luxusgeschöpf...«

Es war Jahre her. Damals hatte ihn das Gespräch nicht weiter beschäftigt, doch jetzt erinnerte er sich in allen Einzelheiten daran.

Annette hatte ihm zwanzig glückliche Jahre geschenkt. Vermutlich war es ihr gar nicht bewußt gewesen, so sehr war sie fast ständig mit ihrem Beruf beschäftigt.

Nach und nach waren ihre Sinne erwacht. Eine gewisse Unbeholfenheit war jedoch geblieben und auch eine Art Schuldgefühl. Mitunter, wenn er sie in den Armen hielt, hatte er Tränen in ihren Augen gesehen.

»Was hast du?«

»Nichts. Ich weine vor Glück...«

Manchmal hatte Célerin Angst um sein eigenes Glück. Aber galt das nicht ebenso für seine ganze kleine Welt, für Nathalie, Madame Coutance und seine Mitarbeiter?

Es gab in ihrer Beziehung keinerlei Mißklang, keine Hintergedanken. Die Jahreszeiten kamen und gingen, und Célerin genoß sie alle, den Winter sosehr wie den Sommer.

Die Dächer, die man durch das große Fenster sah, waren seine Freunde, ebenso wie die rosig überhauchten oder regengrauen Wolken.

Es kam der Tag, da Jean-Jacques, auf einem Kissen thronend, mit den Großen am Tisch essen durfte.

Dann war seine Schwester soweit.

»Wo sind denn meine Küken jetzt schon wieder?« fragte Nathalie scherzhaft, wenn sie die Kinder nicht im

Blickfeld hatte. Sie ging mit ihnen in den Tuilerien spazieren, und im Haus hatten sie Spielkameraden.

Célerin nahm Urlaub, zum ersten Mal, seit er sich mit Brassier selbständig gemacht hatte.

Er mietete ein Haus in Riva-Bella, nicht weit von Caen, und die ganze Familie schlug dort ihr Quartier auf, natürlich mit Nathalie.

Die Kinder spielten am Strand, während Célerin und seine Frau in ihren Liegestühlen lagen und aufs Meer hinausblickten.

»Woran denkst du?«

»An meine Alten... Sie verstehen bestimmt nicht, warum ich nicht komme.«

Die Brassiers waren in Cannes, wo sie sich eine Jacht gemietet hatten.

Auch Célerin dachte oft an Paris, an seine Werkstatt und an seine Mitarbeiter. Er konnte nicht gut schwimmen. Nathalie schwamm überhaupt nicht und sah den anderen vom Ufer aus zu.

Am Abend waren ihre Kleider voll Sand, und vor dem Schlafengehen mußten sie duschen.

»Irgendwann kaufen wir uns ein eigenes Ferienhaus...«

»Für die drei Wochen im Sommer?... Und wer kümmert sich im Winter darum?... Die Zimmer müßten jeden Tag gelüftet werden...«

»Gefällt es dir hier?«

»Für die Kinder ist es herrlich, weil sie am Strand spielen können. Das Wasser ist zwar etwas kalt, aber das scheint sie nicht weiter zu stören. Sie beklagen sich jedenfalls nicht...«

Der Urlaub war nicht direkt ein Mißerfolg, aber es fehlte nicht viel dazu. Es war offenkundig, daß Annette keinen Spaß daran hatte. Sie sprach wenig. Jetzt, da sie endlich Gelegenheit gehabt hätte, mit den Kindern zu spielen, überließ sie sie Nathalie. Auch um die Mahlzeiten kümmerte sie sich nicht.

Wahrscheinlich fehlte ihr die Arbeit. Sie hing ebenso an ihr wie Célerin an seiner Werkstatt.

Auch ihm wurde manchmal die Zeit lang.

»Im Kasino läuft ein guter Film ...«

»Du weißt doch, daß ich abends nicht gern ausgehe ...«

Alles in allem langweilte sie sich vielleicht nicht einmal. Sie war immer sehr ruhig gewesen und unterhielt kaum Kontakte zur Außenwelt, wenn man von ihren Besuchen in den Elendsvierteln absah.

Sie mußte ein intensives Innenleben haben, das ihr Mann nur ahnen konnte.

»Vor dem nächsten Urlaub fahren wir einmal in die Bretagne, um zu sehen, ob es uns dort besser gefällt als hier ...«

»Wenn du willst ...«

Es war nicht Teilnahmslosigkeit und sicher auch nicht Gleichgültigkeit. Außerhalb ihrer Arbeit ließ sie andere entscheiden. Das galt auch für die Mahlzeiten.

»Was möchten Sie heute essen, Madame?«

»Irgend etwas ... Fragen Sie meinen Mann ... Er ist der Feinschmecker in der Familie ...«

Als sie nach Paris zurückkamen und ihre Möbel und all die vertrauten Gegenstände wiedersahen, atmeten sie erleichtert auf. Nathalie griff unverzüglich zum Staubsauger, um die Zimmer von ihrer drei Wochen alten Staubschicht zu befreien.

Sie aßen auswärts, in einem jener kleinen Restaurants, in denen sie vor ihrer Heirat oft gewesen waren.

Bewegt erinnerte er sich an den Tag, als sie »ja« gesagt hatte. Er hatte sie sprachlos angesehen. Er konnte es kaum fassen, daß eine junge Frau wie sie ihr Leben mit einem Mann wie ihm teilen wollte.

Sie hatte gelächelt, wie er sich entsann, und das hatte ihn noch verlegener gemacht.

War sie reifer als er? Möglicherweise. Ihr gegenüber kam er sich immer wie ein Kind vor. Im übrigen auch sich selbst gegenüber, so sehr, daß er überrascht war, wenn man ihn als Erwachsenen behandelte.

War nicht auch sein Beruf wie ein Spiel? Er zeichnete ein Schmuckstück, so wie ein Kind ein Haus malt, und führte es dann geduldig aus, mit Werkzeugen so winzig wie Spielzeug. Er freute sich, wenn er beim Betreten der Werkstatt seinen Namen neben dem Brassiers an der Tür las und dann in den Vitrinen seine Arbeiten sah.

Für seine Frau hatte er eine Brosche angefertigt, ein sehr schlichtes Stück, denn sie machte sich nichts aus Schmuck. Es war ein Eichenblatt mit einer Eichel. Eines Abends nach dem Essen hatte er ihr das Etui wortlos überreicht.

»Was ist das?«

»Mach es auf...«

Sie hatte das Etui geöffnet und sofort gesagt:

»Aber das sollst du doch nicht... Das ist viel zu schön, das gehört in die Vitrine...«

»Jetzt gehört es an deine Kleider...«

»Warum hast du das getan?«

»Weil ich gern wollte, daß du ein Schmuckstück von mir trägst... Es sind keine Steine daran, wie du siehst, keine Diamanten... Nur Gelbgold und Weißgold...«

Sie hatte ihn umarmt und gemurmelt:

»Danke...«

Dann war sie ins Schlafzimmer gegangen, um sich die Brosche vor dem Spiegel anzustecken.

»So sieht sie aus...«

»Gefällt sie dir?«

»Ja.«

Doch einen Monat später trug sie sie nicht mehr.

Schritt für Schritt kam er seinen Kindern näher. Abends kehrte er erst um sieben zurück, doch wenn Marlène noch nicht mit ihren Hausaufgaben fertig war, was hin und wieder vorkam, half er ihr dabei. Es konnte allerdings passieren, daß er noch ratloser war als sie, denn er war früh von der Schule abgegangen.

Sie sah ihrer Mutter ähnlich. Sie hatte das gleiche dunkle Haar, die gleichen braunen Augen, in denen kleine goldene Lichter schimmerten.

Mit ihren vierzehneinhalb Jahren war sie schon fast eine Frau und sprach mit großem Ernst.

»Warum gehst du nie aus, Vater?«

»Wieso sollte ich?«

»Viele Männer gehen abends ins Lokal. Du könntest Freunde haben, Freundinnen, Geliebte. Es ist nicht normal, daß du immer nur zu Hause sitzt. Wir sind doch keine Babys mehr, und außerdem ist jemand da, der auf uns aufpaßt.«

»Und wenn ich einfach keine Lust habe auszugehen?«

»Dann stimmt mit dir etwas nicht.«

An einem anderen Abend, als nur sie beide da waren, hatte sie ihn gefragt:

»Du hast Mutter sehr geliebt, nicht wahr?«

»Ich habe nie eine andere Frau geliebt. Für mich gab es auf der Welt nur sie ... und euch beide natürlich.«

»Und hat sie dich genausosehr geliebt?«

»Vielleicht auf eine andere Art.«

»Warum hat sie nach eurer Heirat weitergearbeitet? Habt ihr das Geld gebraucht?«

»Nein, ich habe genug für uns beide verdient.«

Fast hätte er, ohne nachzudenken, geantwortet: »Um ihre Unabhängigkeit zu wahren. Um sich zu beweisen, daß sie ein eigenes Leben führte und nicht nur die eine Hälfte eines Ehepaares war.«

Das war eine neue Erkenntnis, zu der Marlène ihm verholfen hatte. In einem Büro hätte Annette nicht gearbeitet. Sie brauchte eine schwierige, mühevolle Tätigkeit, auf die sie stolz sein konnte.

Aber er sagte nur:

»Sie hatte das Bedürfnis, sich aufzuopfern ...«

Auch das war richtig, doch er war sich nicht ganz sicher. Die Tage vergingen, und nach und nach lernte er Annette oder zumindest einige ihrer Charakterzüge wie von selbst besser kennen als zu ihren Lebzeiten.

Eines war ihm bewußt: Er war so sehr auf sie fixiert gewesen, daß er seine Kinder vernachlässigt hatte. Jetzt spürten sie, daß seine Haltung sich verändert hatte, und begannen sich ihrerseits für ihn zu interessieren.

Als seine Frau noch dagewesen war, hatte sich alles nur um sie gedreht.

Solche Gedanken verscheuchte er jedoch, als täte er der Toten damit Unrecht, als wären sie eine Schmähung.

Aber bemühte er sich nicht gerade deshalb, sie besser zu verstehen, um sich ihr näher zu fühlen?

Zwanzig Jahre hatten sie zusammengelebt, scheinbar eine lange Zeit. Doch jetzt kam es ihm vor, als wäre er ihr eben erst begegnet.

Die Jahre waren unbeachtet vergangen. Er hatte sich in seinem kleinen Reich wohl gefühlt. Zu Hause war er ebenso glücklich gewesen wie in der Werkstatt, und er hatte sich keine Fragen gestellt.

Jean-Jacques war fast so groß wie er. Er überragte Nathalie um einen halben Kopf, und sie tat so, als ob sie sich darüber ärgerte. Im Lycée Charlemagne war er einer der besten Schüler und bereitete sich bereits auf sein Abitur vor. Célerin hatte ihm ein Moped gekauft, um ihm eine gewisse Unabhängigkeit zu ermöglichen.

Er hatte keine Freunde und brachte auch nie Klassenkameraden mit nach Hause.

»Weißt du schon, was du werden willst?«

»Nein.«

»Aber in ein paar Monaten mußt du dich entscheiden ...«

»Ich will mir damit Zeit lassen. Erst einmal möchte ich ein Jahr lang reisen. Als erstes will ich nach England, um besser Englisch zu lernen, dann nach Amerika und vielleicht nach Japan ...«

Abends sahen sie im Wohnzimmer fern, Célerin, seine Tochter und meistens auch Nathalie. Jean-Jacques saß währenddessen in seinem Zimmer über seinen Büchern und Heften, und manchmal kam er später todmüde noch zu ihnen.

Marlène durfte sich jeden Film ansehen. Erfuhr sie durch ihre Mitschülerinnen nicht ebensoviel wie durch das Fernsehen?

Im Gegensatz zu ihrem Bruder nahm sie die Schule auf die leichte Schulter und schaffte es stets nur mit knapper Not, in die nächste Klasse versetzt zu werden.

»Was soll's? Hauptsache, ich komme durch ...«

Sie wußte genau, was sie später einmal werden wollte.

»Ich werde Stewardeß oder Mannequin ...«

Sie war groß und schlank. Sie verwandte viel Sorgfalt auf ihr Äußeres und besaß mehr Cremes und Kosmetika als ihre Mutter.

Doch sie hatte ein offenes Wesen und sagte frei heraus, was sie dachte. Auch von den Erlebnissen einiger ihrer Mitschülerinnen berichtete sie ihrem Vater:

»Du brauchst keine Angst zu haben ... Ich sag's dir schon, wenn es bei mir soweit ist ...«

Das brachte ihn ein wenig aus der Fassung, doch zugleich schmeichelte es ihm, daß sie so viel Vertrauen zu ihm hatte.

»Weißt du, die meisten Mädchen trauen sich zu Hause nichts zu sagen. Das sind die schlimmsten. Aber du bist ein Kumpel, du verstehst ...«

Ein Telegramm meldete ihm den Tod seines Vaters. Er fuhr nach Caen und dann weiter in sein Dorf. Der Alte war fast schwarz. Justine wiegte wissend den Kopf.

»Ich hab' es ihm hundertmal gesagt. Wie oft mußte ich ihn zurückhalten, damit er sich nicht in die pralle Sonne legte, wenn er getrunken hatte ...«

Man hatte ihn im Gras gefunden, die leeren Augen starr zum Himmel gerichtet. Er schien nicht gelitten zu haben.

»Wie lange waren Sie bei ihm?«

»Zu Johanni werden's zwölf Jahre.«

»Hat er Sie eigentlich bezahlt?«

»Er hatte doch nie Geld. Es war schon schwer genug, das Geld fürs Essen zu bekommen.«

»Haben Sie Verwandte?«

»Nein.«

»Was werden Sie jetzt tun?«

»Im Dorf gibt's keine Arbeit. Ich werde nach Caen gehen und als Putzfrau arbeiten ...«

»Würden Sie gern hierbleiben und sich um das Haus kümmern, so als wäre es Ihr eigenes?«

»Das geht nicht.«

»Warum nicht?«

»Das kostet Geld. Und dann die Kühe ...«

»Sie brauchen mir nichts zu bezahlen ... Die Milch verkaufen Sie auf eigene Rechnung ...«

»Und was würden Sie dabei verdienen?«

»Gar nichts. Ich zahle Ihnen damit nur den Lohn, den Ihnen mein Vater schuldig geblieben ist.«

»Das ist wirklich anständig von Ihnen ... Wann wird er denn beerdigt, der arme Mann? Und wer kümmert sich um alles?«

Er ging zum Schreiner.

»Da brauchen wir etwas Solides, denn er ist schwer,

der alte Célerin. Ich habe ihn mit ein paar anderen vom Feld hereingeholt. Für alle Fälle haben wir noch den Doktor Labrousse aus dem Nachbardorf gerufen ...«

Es war ein grauer Tag mit tiefhängenden dicken Wolken, die vom Meer her kamen. Er ging ins Pfarrhaus, denn es war der Pfarrer, der alle wichtigen Ereignisse im Dorf überwachte.

»Wissen Sie noch, wie Sie sich als Kind geweigert haben, am Religionsunterricht teilzunehmen?«

»Ja, ich erinnere mich.«

»Ich möchte wetten, daß Sie jetzt nicht einmal mehr in die Kirche gehen. Ein trauriges Ende hat es mit Ihrem Vater genommen, aber etwas anderes konnte er auch nicht erwarten. Wissen Sie, daß er sonntags immer seinen schwarzen Anzug trug, mit weißem Hemd und Krawatte? Er kam mit allen anderen in die Kirche, aber sobald ich zur Predigt auf die Kanzel stieg, schlich er sich hinaus und ging ins Bistro gegenüber ...«

Der Pfarrer war alt und konnte nur noch mühsam gehen.

»Wie wär's mit einem kleinen Calvados? Keine Angst, es ist kein Siebzigprozentiger wie der von Ihrem Vater ...«

Aus einem Krug füllte er zwei winzige Gläser.

»Der hier schadet niemandem.«

»Woran ist mein Vater gestorben?«

»Ich weiß es nicht genau. Ich kann mir diese medizinischen Ausdrücke nicht merken. Von einer Embolie war die Rede ... Der Tod kam fast sofort, er hat also nicht gelitten ...«

Der Pfarrer nippte an seinem Schnaps.

»Was werden Sie mit dem Hof machen?«

»Ich überlasse ihn Justine ...«

»Das ist gut ... Sie ist eine brave Frau und hat gut für Ihren Vater gesorgt ... Ich will gar nicht wissen, ob zwischen den beiden nicht ab und zu ein bißchen mehr passiert ist ... Lassen Sie ihr auch das Vieh?«

»Ja.«

»Sie sind ein verständiger Mann, Monsieur Célerin ... Ich wage nicht mehr, Sie Georges zu nennen wie damals ... Sie waren einmal mit Ihrer Frau hier, habe ich gehört ... Wie geht es ihr?«

»Sie ist bei einem Unfall ums Leben gekommen ...«

»Oh, das tut mir leid ... Ich wußte nicht ...«

Sie kamen überein, daß die Beerdigung möglichst bald stattfinden sollte, am Donnerstag. Der Hof des alten Célerin lag nicht weit von der Kirche, und man hob den Sarg auf ein Pferdefuhrwerk. Ein schwarzes Tuch war über ihn gebreitet, das der Pfarrer zur Verfügung gestellt hatte. Das ganze Dorf war gekommen, und viele Gesichter erkannte Célerin wieder. Von seinen Schulkameraden waren nur noch drei oder vier da, unter ihnen der Sohn des Metzgers, der das Geschäft seines Vaters übernommen hatte.

»Wie geht es dir?«

»Ganz gut, ich kann nicht klagen. Nur wird das Dorf immer leerer. Die Alten sterben weg, so wie dein Vater, und die Jungen leben in Caen oder Paris oder sonstwo ...«

Der Lehrer spielte die Orgel. Er war jünger als Célerin. Die Feier ließ ihn kalt; er sann darüber nach, wie die Generationen einander folgten.

Der Pfarrer hielt eine kurze Predigt, und nach der Fürbitte brauchte die Trauergemeinde nur um die Kirche herum zu gehen, um auf den Friedhof zu gelangen.

Seine Mutter lag bereits dort begraben, und der neue Sarg wurde in dasselbe Grab gesenkt.

Alle defilierten an Célerin vorüber, um ihm die Hand zu geben. Dann machte er einen letzten Besuch bei Justine, und als er schon ins Auto steigen wollte, sagte sie:

»Hören Sie ... Es tut mir leid, wenn ich Ihnen lästig falle ... Aber meinen Sie nicht, es wäre besser, Sie würden mir etwas Schriftliches geben?«

Er begriff und ging ins Haus zurück.

»Haben Sie ein Blatt Papier?«

Sie hatte ein Kuvert und billiges liniertes Papier gekauft, wie man es fast nur noch auf dem Land findet. Auch eine neue Feder war da und ein kleines Glas mit grüner Tinte.

»Es gab nur Grün ... Ich heiße Justine-Mélanie Babeuf und bin zweiundsechzig Jahre alt ...«

Er setzte eine Art Pachtvertrag auf, der sie zu keinerlei Gegenleistung verpflichtete.

»Und ich kann hierbleiben, solange ich lebe?«

»So steht es da ...«

Sie holte eine alte Nickelbrille und bewegte die Lippen, während sie den kurzen Text las.

»Es wird schon stimmen ... Sie kennen sich da besser aus als ich ... Noch einmal vielen Dank ... Ich werde für Sie und Ihre Kinder beten ...«

In dieser Behausung hatte er seine Kindheit verbracht. Er hatte einen Bruder und eine Schwester gehabt, die jedoch beide im selben Jahr an einer Infektionskrankheit gestorben waren. Was genau es gewesen war, hatte er nie erfahren.

Dies hier war seine Welt gewesen. Eine andere hatte er sich nicht vorstellen können, bis er sich in den Kopf setzte, nach Paris zu gehen.

Als er in die Wohnung am Boulevard Beaumarchais zurückkehrte, spielte das Radio in voller Lautstärke. Marlène hörte am liebsten von früh bis spät Musik.

»Entschuldige, Vater...«

In den ersten Tagen nach Annettes Tod hatte er die Kinder gebeten, weder ihre Platten zu spielen noch den Fernseher einzuschalten. Konnte er es ihnen für immer verbieten?

»Laß nur...«

»Wie war's?«

»Wie es auf dem Dorf eben so ist...«

»Waren viele Leute da?«

»Alles, was laufen konnte.«

»War dein Vater beliebt?«

»Auf seine Art, ja. Weil er am meisten von allen trank.«

»Hat er sich zu Tode getrunken?«

»Wahrscheinlich.«

»Warst du sehr traurig?«

»Ich war sehr traurig, weil ich all die Orte meiner Kindheit wiedergesehen habe.«

»Aber das muß doch malerisch sein...«

»Nein, nicht einmal das...«

»Du wirkst so bedrückt...«

»Ich habe ein paar von meinen Klassenkameraden getroffen, die noch dort leben. Und auch den Schmied, der damals in den besten Jahren war; jetzt ist er alt und weißhaarig und geht am Stock...«

»Armer Vater!«

»Hoffentlich geht es euch später, viel später, nicht so wie mir, wenn ihr eines Tages hier in die Wohnung zurückkommt... Ich möchte, daß ihr beide einmal gute Erinnerungen an eure Kindheit und Jugend habt...«

»Ganz bestimmt...«

Sie hatte seinen Arm ergriffen und küßte ihn auf die Wange.

»Jean-Jacques sitzt immer noch in seinem Zimmer und arbeitet. Er weiß nicht, daß du wieder da bist.«

Nathalie tauchte aus der Küche auf.

»Ich dachte mir doch, daß ich Stimmen gehört habe. Hatten Sie eine gute Reise?«

»Es war ziemlich unerfreulich...«

»Ja... Es gibt Orte, die man lieber nicht wiedersehen würde...«

Jean-Jacques hatte zerraufte Haare, und seine Augen sahen müde aus. Er küßte seinen Vater auf beide Wangen.

»Ich bin noch am Büffeln... Nächste Woche ist Abitur, und es gibt immer noch Kleinigkeiten, an die man nicht gedacht hat... Essen wir?«

»Ja, das Essen ist fertig«, verkündete Nathalie.

»Ich würde mir an deiner Stelle nicht soviel Mühe machen. Daß du bestehst, ist sowieso sicher...«

»Man kann nie sicher sein...«

Célerin war versucht, seiner Tochter recht zu geben. Der einzige Vorwurf, den man Jean-Jacques machen konnte, war, daß er die Dinge zu ernst nahm, vor allem die Schule.

»Manche von meinen Mitschülern denken, in unserem Alter sei überhaupt nichts wichtig... Sie verstehen nicht, daß unser ganzes Leben von diesen paar Jahren abhängt... Was denkst du, Vater?«

»Gleich wie du... Heutzutage braucht man unbedingt Diplome, selbst wenn man alles wieder vergißt, was man gelernt hat...«

»Da hörst du's!« rief Marlène und brach in Lachen aus.

Nathalie nahm am Tischende Platz und sammelte die Suppenteller ein. Es gab wie jede Woche einmal Ravioli. Jean-Jacques äußerte sich nicht dazu; das Essen war ihm gleichgültig. Marlène dagegen protestierte:

»Schon wieder Ravioli!... Welcher Tag ist heute? Samstag... Ich hätte es mir denken können... Jeden Samstag Ravioli...«

»Ihr könnt ja mit mir zusammen den Speisezettel aufstellen. Dann gibt es nur Sachen, die euch schmekken...«

Nathalie war ungefähr so alt wie Justine, wirkte aber erzwanzig Jahre jünger als die Magd seines Vaters. Das erstaunlichste an ihr war ihre gute Laune. Sie hatte viel Schweres durchgemacht, und über manches mochte sie gar nicht reden. Doch anstatt verbittert zu werden, hatte sie gelernt, das Leben von seiner guten Seite zu nehmen. Alles machte ihr Freude, das Kochen, das Saubermachen und früher, als die Kinder noch klein waren, die Spaziergänge mit ihnen.

Nie klagte sie über Müdigkeit, nicht einmal wenn sie

Großputz machte. Sie band sich dann ein Tuch um den Kopf, das sie noch mehr wie eine russische Bäuerin aussehen ließ.

Im Grunde fiel nur Célerin auf, daß am Tisch jemand fehlte. Sie hatten die Stühle ein wenig auseinandergerückt, damit keine Lücke blieb.

Beim Essen hatte Annette nie viel geredet. Immer schien etwas sie zu beschäftigen, was sie jedoch hinter einem Lächeln verbarg.

Oft überlegte Célerin sich ernsthaft: War es ihm gelungen, sie glücklich zu machen?

Zwanzig Jahre lang hatte er es geglaubt, weil das Glück der Seinen für ihn selbstverständlich war. Er hatte sich nur gewundert, daß sie nicht aufhörte zu arbeiten, doch er hatte sich gesagt, daß sie Beschäftigung brauchte.

Was hätte sie allein in der Wohnung anfangen sollen, während die Kinder in der Schule waren? Sie konnte nicht kochen, und er hatte sie auch nie nähen sehen. Es war Nathalie, die abends beim Schein der Küchenlampe die Kleider ausbesserte.

Sah Annette mit den anderen zusammen fern, äußerte sie selten eine Meinung.

»Wie findest du diesen Sänger, Mutter?«

Stets war es Marlène, die ihre Kommentare zum Programm abgab.

»Nicht schlecht...«

»Ich finde ihn toll... Alle meine Freundinnen haben Platten von ihm... Zum Geburtstag wünsche ich mir auch welche...«

Ihr ganzes Taschengeld gab sie für Schallplatten aus.

Annette rauchte, hastig und nervös, nahm die Zigarette alle Augenblicke aus dem Mund und zerdrückte schließlich den Stummel im Aschenbecher.

»Rauchst du bei deinen Hausbesuchen auch?« hatte er sie einmal in aller Unschuld gefragt. Sie runzelte die Stirn. Weiß Gott, welche Hintergedanken sie in seiner Frage witterte.

»Ich bringe ihnen Zigaretten mit«, erwiderte sie trokken. »Oder Pfeifentabak ...«

Die Dienststelle, für die sie arbeitete, lag in einem Nebengebäude des Rathauses. Er war nie dort gewesen. Sie hatte ihn nie dazu ermutigt, und er hatte nicht gewagt, sie darum zu bitten.

So hatte es in ihrem Leben einen ganzen Bereich gegeben, von dem er nichts wußte. Jetzt aber empfand er das Bedürfnis, alles über sie zu erfahren, um es deutlicher in Erinnerung zu behalten.

Am nächsten Tag fand er mit einiger Mühe das Büro, in dessen Vorzimmer mehrere alte Leute geduldig warteten.

Eine junge Frau ging vorüber und sah ihn unschlüssig in der Mitte des Raumes stehen.

»Kann ich Ihnen helfen?«

»Ich bin der Mann von Madame Célerin ... Ich würde gern mit ihrer Vorgesetzten sprechen.«

»Madame Mamin ... Sie können bestimmt als nächster zu ihr hinein ... Ich sage ihr Bescheid ...«

4

Ein Mann an Krücken kam aus dem Büro.

»Bitte, Monsieur Célerin, Madame Mamin erwartet Sie...«

Die Wände waren blaßgrün gestrichen, das nüchterne Mobiliar aus hellem Holz, und man erwartete fast, die Leiterin der Dienststelle etwas erhöht auf einem Podium sitzen zu sehen.

Sie war fast so füllig wie Nathalie, nur etwas kräftiger. Sie lächelte nicht, empfing ihn jedoch mit ausgesuchter Höflichkeit.

»Sie sind der Mann von unserer armen Célerin? Nehmen Sie doch bitte Platz...«

Die Sozialarbeiterinnen schienen sich nicht beim Vornamen zu nennen.

»Eigentlich wollte ich zur Beerdigung, aber dann habe ich gehört, daß sie im engsten Kreis stattfindet... Mein aufrichtiges Beileid, Monsieur Célerin... Sie war wirklich eine außergewöhnliche Frau... Ich habe hier viele junge Mädchen und Frauen kommen und gehen sehen, aber so wie sie war keine... Sie schien geradezu versessen auf die schwierigsten, unangenehmsten Fälle...«

Madame Mamins Gesicht war von kreidiger Blässe, und ihre Augen waren nicht blau wie Nathalies, sondern grau.

Célerin wußte nicht, was er sagen sollte. Was wollte er

hier, in dieser Amtsstube, die zugleich etwas Klösterliches an sich hatte?

Madame Mamin hätte sehr gut eine Äbtissin sein können. Eine gewisse Koketterie schien ihr indessen nicht fremd zu sein, denn sie trug ein kleingeblümtes Kleid aus glänzendem Stoff.

»Ich habe gehört, es war ein Verkehrsunfall ...«

»Ja.«

»Ich lese keine Zeitungen, deshalb habe ich es erst zwei Tage später erfahren ... Wo ist es denn passiert? ...«

»In der Rue Washington.«

»Dann hatte sie bestimmt etwas Privates zu erledigen ... In dieser Gegend werden kaum Sozialarbeiterinnen gebraucht, und es war auch nicht ihr Bezirk ...«

»Das verstehe ich nicht ... Wie waren denn ihre Arbeitszeiten?«

Er wußte nicht, weshalb er diese Frage gestellt hatte. Vielleicht, um ein wenig mehr über das Leben seiner Frau zu erfahren.

»Feste Arbeitszeiten gibt es da nicht ... Die Frauen kennen ihren Bezirk und die Leute, um die sie sich kümmern ... Wieviel Zeit sie im Einzelfall aufwenden, hängt hauptsächlich von ihnen selbst ab ... Ihre Frau zum Beispiel hat bei den Behinderten auch saubergemacht ... Ich hatte sie immer im Verdacht, daß sie den Leuten von ihrem eigenen Geld auch kleine Extras gekauft hat ... Möchten Sie das Dienstzimmer sehen?«

Sie erhob sich, und er bemerkte, daß sie geschwollene Beine hatte und etwas mühsam ging. Sie öffnete eine Tür, durchquerte eine Art Garderobe, und sie betraten einen Raum mit gleichfalls grün gestrichenen Wänden und einem riesigen Tisch, an dem etwa ein Dutzend junge Frauen arbeiteten.

»Sie prüfen die neuen Fälle. Es kommen täglich neue ...«

Sie wies auf einen leeren Stuhl.

»Das war Célerins Platz ...«

Neugierige Blicke richteten sich auf ihn.

»Sie blieb nie lange, denn sie hatte es eilig, zu ihren alten Leutchen zu kommen, wie sie sie nannte ...«

»Glauben Sie, sie hat diese Arbeit aus Mitleid gemacht?«

»Sie wollte sich aufopfern ...«

Er wagte nicht zu sagen, was er dachte. Er fragte sich, ob seine Frau in ihrer Arbeit nicht eine Art Zuflucht gesucht hatte. Sie wurde für ihr Engagement bewundert und den Neuen als Vorbild hingestellt. Für die Unglücklichen, die sie besuchte, war sie in gewisser Weise alles, was ihnen auf der Welt noch blieb. Vermutlich wurde sie jedesmal ungeduldig von ihnen erwartet und half ihnen, ihre Einsamkeit zu ertragen.

»Auf Wiedersehen ...«

Sie gingen in Madame Mamins Büro zurück.

»Ich danke Ihnen, Madame. Ich wußte so wenig über die Arbeit meiner Frau. Jetzt kann ich mir die Sache ein bißchen besser vorstellen. Haben Sie unter Ihren Mitarbeiterinnen viele verheiratete Frauen?«

»Nein, ziemlich wenige.«

»Auch Frauen mit Kindern?«

»Im allgemeinen verlassen sie uns, wenn das erste Kind kommt ...«

Annette war geblieben. Sie hatte sich um Hunderte von Unbekannten gekümmert, doch ihre eigenen Kinder hatte sie im Grunde kaum gekannt.

Ihr eigentliches Leben hatte sich nicht am Boulevard Beaumarchais abgespielt, und oft hatte er sie deshalb mit banger Neugier beobachtet.

Floh sie vor ihm? fragte er sich manchmal. Im Grunde hatten sie nie wirklich persönliche Gespräche geführt, bei denen man einander sein Herz öffnet.

Er liebte sie von ganzer Seele. Und er war ihr in aller Demut dankbar, daß sie ihn zum Mann genommen hatte.

Hatte sie es später bereut? Eignete sie sich überhaupt für ein Familienleben?

Draußen war es schon warm. Bis zur Rue de Sévigné war es nicht weit, und je näher er dem Haus kam, desto mehr beschleunigte er seine Schritte. Hatte nicht auch er seinen Zufluchtsort? Was hätte er ohne seine Werkstatt und ohne seine Mitarbeiter angefangen?

»Guten Tag, Monsieur Georges ...«

So wurde er von allen liebevoll genannt. Madame Coutance legte wie jeden Morgen die Schmuckstücke zurecht.

Die anderen saßen bereits über ihre Arbeitstische gebeugt.

»Sie sind zu spät dran, Patron. Das kostet Sie eine Flasche Beaujolais ...«

»In Ordnung ...«

Pierrot machte sich vergnügt auf den Weg, um den Wein zu holen.

»Wie geht's mit dem Clip?«

»Mit der Fassung ist es ein bißchen schwierig, weil

die Steine verschieden groß sind, aber das kriegen wir schon hin ...«

Die Arbeit häufte sich. Zu Beginn hatten sie ihre Schmuckstücke hauptsächlich an Juweliere verkauft, doch mit der Zeit hatte sich ein privater Kundenkreis gebildet. Reiche Frauen oder Männer, die ein Geschenk brauchten und etwas Ausgefallenes suchten, kamen direkt zu Célerin.

So auch Madame Papin. Sie hatte ungeheure Mengen von antikem Schmuck geerbt. Die Steine und Perlen waren herrlich, nur die Fassungen waren veraltet.

Einen Aufzug gab es nicht, und sie war bereits über sechzig. Sie hatte an ihren Besuchen in der Rue de Sévigné jedoch Geschmack gefunden und brachte jedesmal nur ein einziges Schmuckstück mit, um möglichst oft in den Genuß eines solchen Besuchs zu kommen. Sie liebte es, mit Madame Coutance zu plaudern, die dann rasch die Tür zur Werkstatt schloß, denn Madame Papin hätte es fertiggebracht, sich neben die Goldschmiede zu stellen und ihnen gute Ratschläge zu geben.

Célerin arbeitete an ihrer Kamee. Er hatte mindestens drei verschiedene Fassungen dafür entworfen und sich schließlich für eine entschieden, deren sparsame, aber dennoch im Stil der Jahrhundertwende gehaltene Arabesken ihm am geeignetsten erschienen.

Er fertigte die Fassung selbst an, denn er liebte seine Arbeit nach wie vor. Mehr als zwei Stunden bearbeitete er das Weißgold, das er ausgesucht hatte, und im letzten Moment fügte er noch eine Spur Gelbgold hinzu.

Um die Nachfrage befriedigen zu können, hätte er noch einen Mitarbeiter einstellen müssen, doch für einen weiteren Arbeitstisch fehlte der Platz. So mußte er Aufträge ablehnen, solche, die ihn nicht interessierten.

»Verstehen Sie, Madame, was Ihnen vorschwebt, bekommen Sie bei jedem guten Juwelier, und zwar billiger, als wenn wir es eigens für Sie anfertigen ...«

Vormittags schaute oft Brassier herein.

Auch von den Juwelieren kamen Aufträge für Einzelstücke.

»Ich war gestern bei Rouland & Sohn. Sie möchten ein Dutzend schöne Schmuckstücke für ihre Vitrine im ›George-V‹. Es soll etwas ganz Besonderes sein ...«

»Bis wann?«

»So schnell wie möglich ... Du weißt ja, sie haben's immer eilig ...«

»Habt ihr gehört, Kinder? ... Wir müssen wohl wieder Überstunden machen ...«

Der Form halber murrten sie ein wenig, besonders Jules Daven.

»Können wir machen, was wir wollen?«

»Ja, Hauptsache, die Stücke passen zusammen ... Willst du nicht mal wieder zum Abendessen kommen, Georges?«

»Du weißt doch, abends bleibe ich bei den Kindern ...«

Es hatte sich so eingebürgert. Auch wenn sein Sohn und seine Tochter in ihren Zimmern waren, blieb er zu Hause, und sie wußten, daß er da war. Er wollte ihnen dadurch ein Gefühl der Sicherheit und Geborgenheit geben.

Er sah fern oder blätterte in einer Zeitschrift, und es

machte ihn glücklich, wenn seine Tochter ins Zimmer kam und sich zu ihm setzte.

Jean-Jacques bekam er vor dem Abitur nicht oft zu sehen. Er war gerade erst sechzehn geworden und doch schon halb aus dem Haus.

Er wollte die Welt kennenlernen, um später den Beruf ergreifen zu können, der ihm zusagte.

Schon Annettes Tod hatte eine große Lücke in der Familie hinterlassen. Célerin konnte sich nicht daran gewöhnen, abends im Schlafzimmer allein zu sein, und es kam vor, daß er im Bett zärtlich über die Stelle strich, an der sie noch vor kurzem gelegen hatte. Jean-Jacques' Weggang würde weniger dramatisch sein, aber auch er würde eine Lücke hinterlassen.

Dann blieb ihm nur noch seine Tochter, die jedoch mit Sicherheit jung heiraten würde. Drei, vier Jahre – die Zeit verging so schnell! Er hatte zwanzig Jahre mit Annette verbracht und es kaum wahrgenommen.

Er würde allein zurückbleiben in einer Wohnung mit zwei leeren Zimmern. Allein mit Nathalie, die dann nur noch ihn umsorgen konnte.

Er hatte sich noch gar nicht klargemacht, daß dieser Zeitpunkt schon so nahe war. Man mietet eine Wohnung, man bestimmt zwei Räume zu Kinderzimmern und richtet sie liebevoll ein. Man sieht die Kinder heranwachsen und denkt nicht daran, daß dieses Leben, das man für sie und um sie herum aufbaut, nur wenige Jahre währt.

»Was hast du denn, du siehst so traurig aus ...«

»Ach nichts, mein Schatz. Ich dachte nur an die Zukunft.«

»Stimmt es, daß Jean-Jacques nach England und später nach Amerika will?«

»Ja.«

»Und du erlaubst es ihm?«

»Wenn er glaubt, es ist das Richtige für ihn, dann will ich ihm nicht im Weg stehen ...«

»Er hat sich schon Programme von verschiedenen Universitäten kommen lassen ... In Cambridge gibt es spezielle Sprachkurse für Fortgeschrittene ...«

Sein Sohn hatte ihm nichts davon gesagt. Er war sehr selbständig geworden, und Célerin freute sich darüber. Trotzdem war ihm schwer ums Herz.

»Die Kurse fangen im September an, und wenn er das Abitur schafft, und das tut er bestimmt, will er dann weg ...«

Er hatte plötzlich Tränen in den Augen. Es war der 15. Juni. September – das war fast schon morgen. Es blieben nur noch Juli und August.

Was würden sie in den Ferien machen?

»Wohin würdest du diesen Sommer gern fahren?«

»Auf jeden Fall möchte ich zwei Wochen zu einer Freundin. Ihre Eltern haben ein Haus in Les Sables-d'Olonne ...«

»Warum hast du sie nie mit hierhergebracht?«

»Ich weiß nicht. Sie haben eine riesige Wohnung an der Place des Vosges. Es ist immer lustig bei ihnen, Hortense hat fünf Geschwister ... Die Jourdans, vielleicht kennst du sie ... Der Vater ist ein berühmter Anwalt ... Sie haben das Haus schon lange, und Hortense war schon dort, als sie noch ganz klein war ... Sie sind reich ... Einer von ihren Brüdern ist achtzehn und hat bereits ein eigenes Auto, und Hortense bekommt auch eins, sobald sie alt genug ist...«

Ihre Worte versetzten ihm einen Stich. Er verdiente zwar gut, und es fehlte ihnen an nichts, aber reich war er nicht. Er hatte sich bisher nie klargemacht, daß Kinder Vergleiche anstellen, die für ihre Eltern nicht immer günstig ausfallen.

»Du hast bestimmt von ihm gehört... Er ist in ein paar spektakulären Prozessen als Verteidiger aufgetreten, kürzlich zum Beispiel im Fall Trassin, der den kleinen Julliard entführt hat...«

Die Sache hatte Schlagzeilen gemacht, und er hatte irgend etwas darüber gelesen.

»Ein schöner Mann, noch jung, mit grauen Schläfen, die ihn noch attraktiver machen... Er hat ständig Affären mit anderen Frauen...«

»Woher weißt du das?«

»Er macht kein Geheimnis daraus... Seine Frau weiß es auch, aber sie nimmt es nicht weiter tragisch, solange er nur immer wieder zu ihr zurückkommt...«

»Und die Kinder?«

»Die älteren sind sogar stolz darauf... Es ist doch schön, wenn man einen erfolgreichen Vater hat...«

Sie merkte, daß sie ins Fettnäpfchen getreten war.

»Du zum Beispiel... Es ist doch sehr schmeichelhaft, daß die Damen der Gesellschaft fast alle deinen Schmuck tragen...«

Sie nahm seine Hand und drückte sie kräftig.

»Du bist ein toller Typ, weißt du, Vater... Ich bleibe nur zwei Wochen, und dann komm' ich zu dir... Wohin willst du denn?«

»Würdest du gern an die Côte d'Azur?«

Sie klatschte in die Hände.

»Nach Saint-Tropez?«

»Nein ... Da ist zuviel Rummel, und wir kämen uns wohl ein bißchen verloren vor unter Leuten, die so anders sind als wir ... Ich dachte an Porquerolles ...«

»Ich war noch nie auf einer Insel ...«

Jean-Jacques kam herein, ohne Jackett und mit offenem Hemdkragen. Seit einigen Monaten rasierte er sich regelmäßig.

»Ihr seht so aufgeregt aus, alle beide ... Ich hab' euch in meinem Zimmer gehört ...«

»Wir haben gerade über die Ferien geredet ...«

»Und was habt ihr ausgeheckt?«

»Ich fahre zwei Wochen zu Hortense nach Les Sables-d'Olonne ...«

»Ist das das dicke Mädchen, die Anwaltstochter?«

»Ja ...«

»Und danach?«

»Vater denkt an Porquerolles ...«

»Toll! Da kann ich sporttauchen ... Das heißt, wenn ich das Abi schaffe und die nötige Ausrüstung kriege ...«

»Die bekommst du von mir ...«

Célerin hatte einiges nachzuholen. So viele Jahre hatte er gebraucht, um seine Kinder zu entdecken! ... Für ihn hatte nur seine Frau gezählt ... Er hatte die Kinder zerstreut geküßt und sich darauf beschränkt, ein paar Worte mit ihnen zu wechseln.

»Ich wette«, sagte Jean-Jacques zu seiner Schwester, »du hast ihm von Cambridge erzählt ...«

»Durfte ich das nicht?«

»Ich hätte es ihm lieber selbst gesagt... Ich habe Prospekte von ungefähr zehn Instituten... Eines davon, das beste, bietet Kurse für Fortgeschrittene an, und nach sechs Monaten kann man sogar ein Diplom bekommen...«

»Und dann willst du nach Amerika?«

»Ja, aber ich weiß noch nicht, an welche Universität... An den Eliteuniversitäten kommt man schwer an... Ich würde gern nach Harvard, aber ich glaube, da habe ich wenig Chancen, bei dem Andrang... An der Westküste würden mich Stanford und Berkeley interessieren...«

Célerin lauschte seinen Worten, als kämen sie aus einer anderen Welt. Nach seiner Meinung wurde nicht gefragt. Er mußte froh sein, daß er überhaupt informiert wurde.

»Und was willst du studieren?«

»Auf jeden Fall Psychologie und vielleicht Soziologie...«

Ob die Tätigkeit seiner Mutter bei dieser Wahl eine Rolle gespielt hatte?

»So, Kinder, ich gehe schlafen... Ach, übrigens, am Sonntag bin ich den ganzen Tag weg.«

»Was hast du vor?«

Inzwischen waren sie es, die von ihm Rechenschaft verlangten. Sie waren so sehr daran gewöhnt, genau zu wissen, was er tat, daß ihnen das ganz normal erschien.

»Ich fahre zu Brassier... Sie haben ein paar Leute eingeladen... Sie weihen ihren neuen Swimming-pool ein...«

»Das ist ja schön, dann kannst du baden ...«

Er küßte sie wie jeden Abend auf die Stirn.

»Geht nicht zu spät ins Bett ...«

»Ich muß noch eine Weile arbeiten ...«

»Gute Nacht, Kinder ...«

Er ging in die Küche zu Nathalie, die für den nächsten Tag Kartoffeln schälte, und sagte auch ihr gute Nacht.

»Gute Nacht, Monsieur Georges ...«

Dann kam der schwierigste Moment des Tages: die Tür zu dem verlassenen Schlafzimmer zu öffnen, wo auf dem Bett nur noch ein einziges Kopfkissen lag.

An diesem Abend empfand er seine Einsamkeit stärker als sonst.

Es reizte ihn nicht mehr, zu den Brassiers nach Saint-Jean-de-Morteau zu fahren.

Zwischen Brassier und ihm herrschte weiterhin gutes Einvernehmen, aber wirkliche Freunde waren sie nie gewesen. Célerin war im Grunde ein einfacher Mensch, der seine Herkunft nicht verleugnete und sich freute, daß er es so weit gebracht hatte. Mehr wollte er nicht. In einem anderen Milieu als dem seinen hätte er sich unbehaglich und fehl am Platze gefühlt.

Seine Kinder würden es noch weiter bringen. Jean-Jacques sprach mit größter Selbstverständlichkeit von Harvard und Berkeley. Eines Tages würde er – wenn überhaupt – als Mann zurückkehren, als ein Fremder, der die Räume seiner Kindheit mit Neugier betrachtete, so wie Célerin vor kurzem die väterliche Behausung.

Brassier dagegen wollte höher hinaus. Er war der Sohn eines Eisenwarenhändlers in Nantes und hatte alle Brücken zu seiner Vergangenheit abgebrochen. Er war ein selbstbewußter Mann und hatte Eveline zweifellos ihrer Schönheit und Eleganz wegen geheiratet.

Denn mehr hatte sie nicht zu bieten. Célerin sah sie vor sich, wie sie träge rauchend auf dem Sofa lag und Schallplatten hörte.

Dennoch fuhr er am Sonntag nach Rambouillet hinaus. Er hätte ohnehin mit Nathalie allein essen müssen, denn Jean-Jacques hatte vor, den ganzen Tag zu arbeiten, und Marlène aß bei den Jourdans.

Es war immerhin eine Ablenkung. Er grübelte viel zuviel, und seine Gedanken kehrten unweigerlich immer wieder zu Annette zurück.

Die weiße Villa erinnerte ihn ein wenig an Ermenonville, und als er aus dem Auto stieg, hörte er fröhlichen Lärm.

Brassier hatte von drei oder vier Leuten gesprochen, aber es waren über zehn im Swimming-pool und in den Liegestühlen ringsum.

»Schön, daß du gekommen bist. Nachher, wenn sich alles etwas beruhigt hat, möchte ich mit dir über einen Plan reden ... Zieh dich rasch um ...«

Er hatte seine Badesachen mitgebracht und ging in die Umkleidekabine. Das Vorstellen gestaltete sich schwierig, weil die meisten Gäste im Wasser waren. Er konnte nur brustschwimmen, während um ihn her fast alles kraulte, und er schämte sich für den kleinen Bauch, den er aus Mangel an Bewegung angesetzt hatte.

Die meisten Gäste waren im Süden oder in den Bergen bereits braun geworden.

Célerin beneidete sie um ihr selbstbewußtes Auftreten. Ob junge Frauen oder ältere Männer mit mehr

Bauch als er: Man spürte, daß ihre Selbstsicherheit durch nichts zu erschüttern war.

Er sah den Besitzer eines großen Juweliergeschäfts an den Champs-Elysées, für den er hin und wieder gearbeitet hatte, doch der Juwelier schien ihn nicht zu erkennen.

Fast alle duzten sich.

»Mit welchem Wagen bist du gekommen, Harry?«

Die Stimmen schwirrten durcheinander.

»Du bist noch schöner geworden, Marie-Claude ...«

»Ach, reden wir nicht davon ... Ich hab' gar nichts dazu getan ... Das war mein Masseur ...«

Eveline Brassier erschien als letzte. Sie kam mit wiegenden Hüften heran, in einem winzigen Bikini, der kaum etwas verhüllte.

»Hallo allerseits, laßt euch nicht stören. Den gesellschaftlichen Teil heben wir uns für später auf.«

Sie betrat das Sprungbrett und tauchte mit einem perfekten Kopfsprung ins Wasser.

Es war ein schwieriger Tag für Célerin. Er sah sich einer geschlossenen Gesellschaft gegenüber. Hier Zutritt zu erlangen war unmöglich, und er hätte es auch gar nicht gewollt.

Auf der Terrasse war eine Bar aufgebaut. Nach und nach zogen die Gäste sich wieder an. Er war einer der ersten, denn er schämte sich seines Körpers, der neben all der braungebrannten Haut bleich erschien.

»Champagner? Martini trocken?«

Ein Maître d'hôtel in weißer Jacke und weißen Handschuhen waltete mit einer Miene äußerster Indifferenz seines Amtes.

Die Frauen trugen bunte Shorts oder lange Hosen aus fast durchsichtigem Stoff. Die meisten Männer hatten Polohemden an, nur er war im Anzug.

Von Zeit zu Zeit trat Brassier fast mitleidig zu ihm und klopfte ihm freundschaftlich auf die Schulter.

»Na? Fühl dich ganz wie zu Hause ...«

Oder er stellte ihn im Vorübergehen einem der anderen Gäste vor, die sich nach wenigen höflichen Worten wieder entfernten.

Célerin fing einzelne Gesprächsfetzen auf. Es war viel von Pferden die Rede, ein Paar war frisch von den Bahamas zurück, und eine junge Frau gestand mit gespielter Verschämtheit, daß sie soeben einen Roman geschrieben habe.

Eveline spielte die Rolle der Gastgeberin perfekt, und er bewunderte ihre Gewandtheit. Ihre sonstige Lethargie war wie weggeblasen. Sie trug seitlich bis zu den Hüften geschlitzte Hosen und eine weiße Bluse, die unterhalb der Brust zusammengeknotet war.

Cocktails und Champagner folgten einander ohne Pause, und die Stimmen wurden ein wenig lauter. Ein Kellner ging von Gruppe zu Gruppe und bot alle erdenklichen Arten von Appetithappen an: mit Kaviar, mit Käse, mit Sardellen ...

Célerin hielt sich traurig abseits und fragte sich, was er hier sollte. Er beneidete Brassier nicht. Er beneidete auch seine Gäste nicht, die größtenteils keinerlei Notiz von ihm nahmen.

Das Eßzimmer war hell. Die Möbel, die Wände und die lange kristallglitzernde Tafel, alles war weiß. An jedem Platz standen vier Gläser.

Ein Kellner füllte unaufhörlich verschiedene Weine nach und murmelte dabei ihre Namen.

Als ersten Gang gab es kalten Lachs, ein riesiges Tier auf einer silbernen Platte, dessen Garnierung mit Applaus bedacht wurde.

Als nächstes folgte ein ganzes Lamm, das im hinteren Teil des Gartens am Spieß gebraten worden war.

Célerin saß zwischen zwei Frauen, die er nicht kannte und mit denen er nichts zu reden wußte. Eine von ihnen war jung und unterhielt sich angeregt mit ihrem Nachbarn zur Linken, die andere war die einzige alte Dame unter den Gästen. Sie schien ebenso isoliert zu sein wie er.

»Kennen Sie die Brassiers schon lange?« fragte sie ihn, nur um etwas zu sagen.

Sie sah ihn lächelnd an, und erst nach einer Weile wurde ihm klar, daß sie nahezu taub war.

Inzwischen waren Zigaretten aus goldenen Etuis zum Vorschein gekommen, die Eisbombe wurde serviert, und es gab wieder Champagner.

Célerin trank wenig, er nippte nur von jedem Glas, und trotzdem brannten seine Wangen. Konfekt wurde herumgereicht, doch kaum jemand nahm davon.

Endlich stand Eveline auf. Auf dieses Signal hin folgten ihr alle auf die Terrasse oder in den Garten hinaus.

Brassier hielt Célerin zurück.

»Darf ich dir Monsieur Meyer vorstellen? Monsieur Meyer ist der Inhaber des Juweliergeschäfts an den Champs-Elysées; du hast schon öfter für ihn gearbeitet, ohne es zu wissen ...«

»Sehr erfreut.«

Célerin erkannte den kahlköpfigen Schwimmer mit dem gewaltigen Bauch aus dem Swimming-pool wieder. Er trug jetzt ein gelbes Polohemd, unter dem sich ein regelrechter Busen wölbte, um den ihn manche Frau beneidet hätte.

»Monsieur Meyer würde sich gern ein bißchen mit uns unterhalten. Ich glaube, der einzige Raum, wo wir ungestört reden können, ist das Boudoir meiner Frau ...«

Sie stiegen die Treppe mit dem schmiedeeisernen Geländer empor. Durch eine offene Tür sah Célerin im Vorübergehen ein Bett mit einem Überwurf aus weißem Satin. Weiß war der vorherrschende Farbton des Hauses.

»Hier entlang ...«

Das Boudoir dagegen war in Dottergelb gehalten und im Louis-quinze-Stil möbliert.

»Ein Arbeitszimmer habe ich mir nicht eingerichtet. Wenn ich hier draußen bin, will ich mich ausruhen und gar nicht erst in Versuchung kommen zu arbeiten ...
Setzen Sie sich doch bitte ...«

Die beiden Fenster waren geöffnet, und die Stimmen der Gäste bildeten eine gleichmäßige Geräuschkulisse.

Monsieur Meyer hatte sich eine Zigarre angezündet, als handle es sich dabei um eine schwierige und äußerst wichtige Angelegenheit.

»Wer fängt an?« fragte er Brassier.

»Am besten Sie ...«

»Gut.«

Er wandte sich Célerin zu.

»Ich bin ein großer Bewunderer Ihrer Arbeit, und ich

bin nicht der einzige. Meine besten Kundinnen fragen mich immer wieder, ob ich nicht etwas Neues von Ihnen habe ... Ihre Sachen liegen im Trend ... Sie passen wunderbar zur Mode ... Das ist etwas anderes als dieser langweilige klassische Schmuck, bei dem der Stein im Mittelpunkt steht ... Dort geht es darum, einen Diamanten zur Geltung zu bringen, einen Smaragd oder einen Rubin ... Aber bei Ihnen ist alles wichtig, sie machen sogar herrliche Stücke ohne einen einzigen Stein ...«

Er zog befriedigt an seiner Zigarre, deren Rauch sich vor dem Blau des Himmels emporkräuselte.

»Aber jetzt habe ich Ihnen genug Komplimente gemacht. Sprechen wir von meiner Idee. Ich habe in Deauville einen verstaubten Laden, der mich mehr kostet, als er mir einbringt ... Man fährt nicht nach Cannes, nach Deauville oder nach Saint-Tropez, um einen kostbaren Stein zu kaufen ... Also müssen wir uns etwas anderes einfallen lassen ... Und genau dieses andere finde ich bei Ihnen ...

Ich habe schon mit Brassier darüber gesprochen, er kommt alle zwei Wochen in mein Geschäft an den Champs-Elysées. Meine Idee wäre, den Laden in Deauville völlig neu zu gestalten ...«

Er hatte zwar kein Haar mehr auf dem Kopf, dafür aber buschige Augenbrauen, und auch aus Nase und Ohren sprossen ihm Haare. Selbstzufrieden lehnte er sich in seinem Sessel zurück und sah Célerin an, als hätte er ihm das größte Geschenk seines Lebens gemacht.

»Also, um es kurz zu machen: Ich schlage vor, daß wir uns zu dritt zusammentun ... Ihr Schmuck firmiert weiter mit ›Brassier & Célerin‹ ... Die Kunden sind daran gewöhnt ... Wir brauchen sie nicht zu verwirren, indem wir noch den Namen Meyer hinzufügen ...

Ich bin bei dem Ganzen nur der Geldgeber ... Ich finanziere die Renovierung des Ladens ... Er muß hell und freundlich werden ... Wir setzen zwei hübsche, elegante Mädchen hinein, oder erst einmal nur eine ... Sie liefern den Schmuck; er kann so modern sein, wie Sie nur wollen ...

Wir setzen einen Gesellschaftervertrag auf. Fünfzig Prozent für mich, fünfzig für Sie und Brassier ...

Ich beanspruche keinerlei Exklusivrechte. Sie behalten Ihre Kundschaft, die private genauso wie die Juweliere ...«

Brassier sah Célerin ein wenig besorgt an. Würde er die Idee gutheißen?

»Was sagen Sie dazu? ...«

»Ich weiß nicht«, murmelte Célerin.

»Ich möchte Sie nicht beeinflussen. Aber in Geschäften kenne ich mich aus, das kann Ihnen jeder bestätigen. Ich habe noch nie ein schlechtes Geschäft gemacht. Ich kenne in etwa Ihren Umsatz ... Ich bin sicher, in zwei Jahren könnten Sie ihn vervierfachen ...«

Brassier beeilte sich hinzuzufügen:

»Und was uns beide betrifft, wir teilen uns unsere fünfzig Prozent ...«

»In unserer Werbung werden wir betonen, daß jedes Stück ein Einzelstück ist ...«

Hätte Célerin in diesem Moment sein Inneres erforschen können, er hätte festgestellt, daß sein vorherrschendes Gefühl Verlegenheit war.

Was ihm da angeboten wurde, war ein regelrechtes kleines Vermögen. Die beiden anderen brauchten ihn und warteten besorgt auf seine Antwort.

Denn dieser einfallsreiche Schmuck war sein Werk. Es kam vor, daß er sich fünf bis zehn Tage lang mit der Suche nach einem Motiv abquälte.

Er kannte Deauville nicht, aber er kannte das Haus Meyer an den Champs-Elysées, eines der besten Juweliergeschäfte von Paris, mit Filialen in London und New York.

»Notfalls stellen wir noch ein, zwei Arbeiter ein ...«

»Und wo sollen wir die unterbringen?«

»Eine größere Werkstatt wird sich schon finden ...«

Nein! Das kam nicht in Frage. In der Rue de Sévigné hatte er angefangen, und dort würde er auch bleiben.

»Kann ich den Vertrag aufsetzen lassen?«

Mehr um der Sache ein Ende zu machen, stimmte er zu. Er verachtete das Geld nicht, und für die Ausbildung seiner Kinder würde er es brauchen. Er hatte gehört, daß die amerikanischen Universitäten extrem teuer seien.

»Gut!« sagte er schweren Herzens. »Aber ich werde nicht in Serie arbeiten, soviel ist klar.«

»Genau deswegen wende ich mich ja an Sie, weil ich keine Serienware will ... Ich habe schon über ein Firmenschild nachgedacht, aber bisher ohne Erfolg ... Etwas wie ›Schmuck kreativ‹ oder so ...«

»Da fällt uns schon noch etwas ein«, sagte Brassier. »Sie können den Vertrag ausarbeiten lassen, Monsieur Meyer ... Rufen Sie uns an, wenn es soweit ist, dann unterzeichnen wir ihn ...«

Der dicke Mann konnte seine Befriedigung kaum verbergen. Als wäre er endlich in den Besitz eines langersehnten Renoir oder Picasso gelangt.

»Jetzt hätte ich Sie fast gefragt, was ich Ihnen anbieten darf, um die Sache zu begießen ... Ich habe ganz vergessen, daß ich nicht zu Hause bin ...«

Er ließ es sich nicht nehmen, Brassier und Célerin überschwenglich die Hand zu schütteln. Dann gingen sie hinunter. Monsieur Meyer blieb bei drei Gin-Rommé-Spielern stehen, vor denen sich große Geldscheine auf dem Tisch stapelten.

»Kann man einsteigen?«

»In ein paar Minuten ...«

Er holte sich einen Stuhl und ließ sich mit einem zufriedenen Seufzer darauf fallen, als sei er erschöpft von dem kleinen Geschäftsabschluß im Boudoir.

»Kommst du einen Moment mit?«

Brassier führte seinen Teilhaber in den hinteren Teil des Gartens, wo einige der Gäste Boule spielten. Hinter einer Baumgruppe fanden sie ein ruhiges Plätzchen.

»Und, was sagst du dazu?«

»Ich weiß noch nicht.«

»Das bedeutet für uns beide ein Vermögen. Und es nimmt uns nichts von unserer Unabhängigkeit. Der alte Meyer kommt dabei natürlich auch nicht schlecht weg. Er ist ein schlauer Fuchs. Ich kenne ihn schon lange ... Aber letzten Endes machen wir das bessere Geschäft. Sobald der Vertrag unterschrieben ist, muß ich nach Deauville und mir den Laden anschauen, um zu sehen, was man daraus machen kann ...«

Er klopfte Célerin freundschaftlich auf die Schulter.

»Wir werden es weit bringen, wir beide, du wirst

sehen ... Denk noch mal über die Werkstatt nach ... Ich kann mir nicht vorstellen, daß ihr zu viert alles bewältigen könnt.«

Célerin ließ sich lieber nicht auf eine Diskussion ein. Er war nicht eben stolz auf sich. Er wußte nicht einmal mehr, warum er ja gesagt hatte. Im Grunde hatte er ein Stück von seiner Unabhängigkeit, von seinem Handwerkerstolz verkauft.

»Ich glaube, ich fahre jetzt zurück. Jean-Jacques ist wahrscheinlich allein zu Hause.«

»Wie geht es ihm?«

»Er bereitet sich auf das Abitur vor, und im September will er dann nach England.«

»Für wie lange?«

»Ein halbes Jahr, glaube ich ... Er möchte noch besser Englisch lernen, bevor er an eine amerikanische Universität geht ...«

Brassier sah ihn verwundert an.

»So weit ist er schon? Ich sehe ihn noch als kleinen Jungen vor mir ... Es ist noch gar nicht lange her ... Damals hat er für Schiffe geschwärmt und einfache Modelle gebaut ...

Und Marlène?«

»Ich denke, sobald sie ihr Abitur hat, fliegt sie auch aus ...«

»Wie schnell das alles geht!«

»Ja ... Man denkt nicht an morgen, oder das Morgen scheint noch so weit entfernt, und plötzlich ist es da ... Du entschuldigst mich bei Monsieur Meyer, ja? ... Die übrigen Gäste kennen mich sowieso nicht und werden es gar nicht merken, wenn ich gehe ...«

»Auf Wiedersehen, Georges ... Vielen Dank, daß du gekommen bist ...«

Sein kleines Auto stand zwischen Sportwagen und schweren Limousinen. Zwei Chauffeure in Uniform verzehrten das Gebäck, das ihnen die Köchin gebracht haben mußte. Sie legten grüßend die Hand an den Mützenschirm.

Es herrschte dichter Verkehr. Die Sonne brannte. Er blickte auf den Platz neben sich, Annettes Platz. Sie hatte nie Auto fahren lernen wollen, unter dem Vorwand, sie sei zu zerstreut.

So war es wirklich. Sie war mit irgend etwas beschäftigt, und wenn man sie aufmerksam beobachtete, merkte man, daß sie in Gedanken ganz woanders war.

Manchmal fragte Célerin sie unvermittelt:

»Bist du da?«

Sie zuckte zusammen und sah ihn an, als sei sie eben aufgewacht.

»Warum fragst du?«

»Weil du aussahst, als wärst du meilenweit weg ...«

Hätte Annette ihm geraten, den Vertrag zu unterschreiben? Sie sprachen selten über seine Angelegenheiten. Beschrieb er ihr ein Schmuckstück, an dem er gerade arbeitete, hörte sie nur mit halbem Ohr zu und sagte:

»Ja ... Ja ... Das wird bestimmt hübsch ...«

Er schreckte auf. Zwanzig Jahre hatte er mit ihr zusammengelebt und sie doch nie wirklich gekannt. War es seine Schuld? Hatte er sich zu sehr auf seine Arbeit konzentriert?

Oder war sie es, die insgeheim ein Eigenleben führte?

Er brauchte lange für die Rückfahrt, doch waren die

Staus noch nicht so schlimm, wie wenn er später aufgebrochen wäre.

Es reizte ihn nicht, so wie Brassier ein Haus zu bauen, und in maßgeschneiderten Kleidern hätte er sich nur unbehaglich gefühlt. Möbel besaß er genug, und das einzige, was man in der Wohnung noch hätte hinzufügen können, waren ein oder zwei Bilder.

Vielleicht ein etwas größeres, schnelleres Auto? Das würde seiner Tochter Spaß machen. Er nahm sich vor, sich künftig mehr um sie zu kümmern. Man konnte ja zum Beispiel sonntags größere Wanderungen machen... Vielleicht konnte man Samstag mittags losfahren und in einem malerischen alten Gasthof übernachten...

Doch das waren Träume. Er wußte, daß die Wirklichkeit ganz anders aussah, daß seine Tochter ebenso wie sein Sohn ihr eigenes Leben führte und lieber mit Gleichaltrigen zusammen war.

Beide hatten ihn gern, aber vermutlich war er in ihren Augen ein Sonderling, ein Stubenhocker, dessen Dasein sich am Rande des eigentlichen Lebens abspielte.

War er darin so anders als Annette? Er hatte seine eigene kleine Welt, die Werkstatt und seine Mitarbeiter, die für ihn wie eine Familie waren. Und Annette opferte sich für ihre Alten und Behinderten.

Immer wieder bestürmten ihn dieselben Gedanken, quälend wie ein Migräneanfall.

Warum?

Hätten sie wie ein normales Ehepaar gelebt, hätten sie ohne Zweifel mehr Zeit mit den Kindern verbracht.

Aber sie waren kein normales Ehepaar gewesen. Außer am Morgen und am Abend hatten sie sich beispielsweise nie geküßt.

Nie hatte er seine Frau in der Badewanne gesehen, und wenn sie sich an- oder auszog, war es ihr lieber, er war nicht im Zimmer.

Er sah sie noch vor sich, in dem Restaurant an der Place des Vosges, als sie ihm zum ersten Mal erlaubt hatte, sie zum Essen auszuführen. Sie schien so zierlich, so zerbrechlich.

Sie sah ihn mit großen Augen an, und etwas wie Furcht lag in ihrem Blick.

Wie gerne hätte er sie in die Arme genommen, ihr gesagt, daß das Leben zu zweit wunderbar sei, sie angefleht, keine Angst zu haben!

Später wurde sie selbstbewußter, aber er wußte jetzt, daß sie sich ihm niemals ganz geöffnet hatte. Er war ihr Mann. Sie hatte ihn gern. Sie hatten zwei Kinder, die ihnen keinerlei Sorgen bereiteten, und sie hatten das Glück, Nathalie zu finden, eine Perle, die jede Schwierigkeit meisterte.

Er hatte das Bedürfnis zu verstehen und durchforschte deshalb sein Gedächtnis nach kleinen, aber bedeutsamen Vorkommnissen.

Zum Beispiel in der Klinik, bei Jean-Jacques' Geburt... Am ersten Tag hatte er die Wange des Kindes nur mit der Fingerspitze berührt und dabei das Gefühl gehabt, daß seine Frau ihn argwöhnisch beobachtete...

Und am dritten oder vierten Tag, als er dem Kind einen leisen Kuß auf die Stirn drücken wollte, hatte sie gesagt:

»Man soll sie nicht küssen...«

»Und du?«

»Ich bin die Mutter...«

Als wäre es nicht ebenso sein Kind gewesen wie ihres.

Sie ließ es sich nicht nehmen, das Baby zu stillen, tat es aber nie vor seinen Augen, sondern zog sich dazu ins Schlafzimmer zurück.

Was hatte das zu bedeuten? Bei Marlène machte sie es ebenso. Und Annette hatte auch die Namen der Kinder ausgesucht. Sie hatte kurzerhand gesagt:

»Wir nennen ihn Jean-Jacques...«

Und später:

»Wir nennen sie Marlène...«

Und er hatte begriffen, daß es sich nicht lohnte, darüber zu diskutieren. Damals war es ihm ganz normal erschienen. Anfangs war Annette uneingeschränkt für die Kinder dagewesen, und man hätte meinen können, sie sei geradezu dafür geschaffen, eine große Familie zu haben.

Nach einigen Monaten aber begann sie wieder zu arbeiten und überließ die Kinder Nathalie.

Nathalie, nicht ihm.

Hatte sie kein Vertrauen zu ihm? Hatte sie irgend etwas an ihm auszusetzen?

Sein Sohn saß im Wohnzimmer und hörte in voller Lautstärke Musik.

»Moment...«

Er hielt den Plattenspieler an.

»Ich hab' mal eine Pause gebraucht. Bin ich froh, wenn ich erst zwei Wochen älter bin!...«

»Es ist ja nur einmal im Leben.«

»Wer weiß? An der Universität, an der ich studieren will, muß ich vielleicht eine Aufnahmeprüfung machen ... Und das in einer fremden Sprache ...«

»Kannst du mir sagen, warum du unbedingt in Amerika studieren willst?«

»Um beide Kontinente kennenzulernen ... Was ich studiere, ist dabei gar nicht so wichtig. Auf jeden Fall wird es eine nützliche Erfahrung ...«

»Kommst du uns in den Ferien besuchen?«

»Wenn du mir den Flug bezahlen kannst ...«, erwiderte er lächelnd.

»Gestern hätte ich dir das noch nicht versprechen können ... Aber heute habe ich über ein Geschäft verhandelt, bei dem ich ziemlich viel verdienen werde ...«

»Du bleibst doch hoffentlich selbständig und behältst deine Werkstatt? ...«

Jean-Jacques war als Kind oft dort gewesen. Die vielen winzigen Geräte und der Blick über die Dächer von Paris hatten ihn begeistert.

»Toll ist es hier ...«

»Ja, mein Junge. Ich behalte meine Unabhängigkeit, und gleichzeitig werde ich Partner des größten Juweliers von Paris. Wir eröffnen ein Geschäft in Deauville ... Ein Geschäft, in dem ausschließlich unser Schmuck verkauft wird ...«

»Und Brassier? ...«

»Wir bleiben natürlich Partner ...«

»Auch für Deauville?«

»Auch für Deauville ...«

Das schien seinem Sohn nicht zu gefallen.

5

Wenn er jetzt in die Werkstatt kam, brachen die Gespräche unvermittelt ab, und die anderen begrüßten ihn nicht mehr mit der gewohnten Vertrautheit. Aber geschah das nicht aus einer Art Rücksichtnahme, wie man sie einem Menschen erweist, den ein Unglück getroffen hat und dem man nicht helfen kann?

Er merkte es, war aber unfähig, darauf zu reagieren. Er hätte sich zwingen können, einen leichten Plauderton anzuschlagen, doch es lag nicht in seiner Natur, sich zu verstellen.

Was drückte ihn so nieder? Er hätte sagen können: »Alles!«

Der Tod seiner Frau vor allem, der leere Platz, den er noch neben sich spürte. Das fing schon morgens an, wenn er sich anzog. Annettes Zahnbürste stand noch in ihrem Glas. Und wenn er dann den großen, schweren Kleiderschrank öffnete, um seinen Anzug herauszunehmen, sah er im linken Teil die Kleider seiner Frau.

Nathalie hatte einige Wochen abgewartet und ihn dann gefragt:

»Was sollen wir damit machen, Monsieur? Es gibt so viele arme Frauen, die sie gut gebrauchen könnten ...«

»Ich möchte, daß alles so bleibt, wie es ist ...«

Ihre Haarbürste, ihr Kamm ... Überall in der Wohnung gab es kleine Dinge, die Annette gehört hatten.

Marlène, inzwischen so groß wie ihre Mutter, hatte ihn gefragt, ob sie deren Pullover haben könne, und hatte zu ihrer Überraschung eine Abfuhr erhalten.

»Aber sie werden doch nicht mehr gebraucht...«

Für Célerin war es, als sei noch ein Stück von Annette in der Wohnung, solange ihre Sachen an ihrem Platz blieben. Manchmal fuhr er plötzlich herum, weil er glaubte, sie habe zu ihm gesprochen.

Immer wieder quälte ihn der Gedanke, daß er zwanzig Jahre mit ihr zusammengelebt hatte, ohne sie wirklich zu kennen.

War es seine Schuld? War er unfähig, eine Frau glücklich zu machen? Für ihn war klar gewesen, daß sie sich liebten, und das hatte ihm genügt. Die Frage, ob sie sich insgeheim ein anderes Leben wünschte, ob er sich mehr um sie kümmern sollte, hatte er sich nicht gestellt.

Er war ganz von seiner Arbeit in der Werkstatt in Anspruch genommen, sie von ihrer Tätigkeit als Sozialarbeiterin, und wenn sie sich abends wiedersahen, hatten sie sich nichts zu sagen.

Sie waren ein wenig wie zwei Gäste in einer Familienpension, die zu den Essenszeiten zusammentreffen, schweigend ihr Mahl einnehmen und danach vor den Fernseher flüchten.

Kannte er seine Kinder besser? Jean-Jacques würde aus dem Haus gehen, er würde in eine andere Welt eintauchen und ihm völlig entgleiten.

Was würde er von seiner Kindheit in Erinnerung behalten?

Und dann würde Marlène gehen...

Leere...

Trotz allem arbeitete er. Er arbeitete sogar mehr als zuvor, als müsse er etwas beweisen.

Die anderen beobachteten ihn.

»Er hat wieder schlecht geschlafen ...«, flüsterten sie, oder: »Heute sieht er etwas besser aus ...«

Brassier kam gegen zehn, begrüßte Madame Coutance, die gerade Rechnungen schrieb, und betrat dann die Werkstatt. Er sah sich aufmerksam um.

»Hier ist wirklich kein Platz mehr für einen Arbeitstisch ... Ich wollte dir nur sagen, daß ich heute nach Deauville fahre ... Colomel kommt auch mit, zur Zeit der gefragteste Innenarchitekt ... Das Geschäft soll ganz modern werden ...«

Das alles interessierte Célerin schon nicht mehr.

»Am Donnerstag unterschreiben wir die Verträge ... Mir wäre es in einem Büro lieber gewesen, aber Meyer besteht darauf, daß wir mit ihm im ›Tour d'Argent‹ zu Mittag essen, in einem Separat-Salon ... Sein Anwalt, Maître Blutet, kommt auch, für den Fall, daß wir Einwände haben ... Meyer geht davon aus, daß wir auch einen Anwalt mitbringen ...«

»Wozu?«

»Das habe ich ihn auch gefragt ...«

»Eins ist mir wichtig: In dem Vertrag muß stehen, daß in dem Geschäft kein Serienschmuck verkauft werden darf ...«

»Darüber hab' ich schon mit ihm gesprochen.«

»Und, ist er einverstanden?«

»Er ist genauso daran interessiert wie wir ... Aber ich muß los, ich treffe mich in einer Viertelstunde mit Colomel, und dann machen wir uns gleich auf den Weg ...«

Am nächsten Tag erschien ein begeisterter, ungeduldiger Brassier in der Rue de Sévigné.

»Der Laden hat genau die richtige Größe für uns ... Wir wollen ja einen intimen, sehr stilvollen Rahmen ... Er liegt gegenüber dem Casino, gleich neben dem ›Hôtel Normandy‹ ...«

Die Wände des Salons waren holzgetäfelt, was ihn nüchtern und zugleich vornehm erscheinen ließ. Monsieur Meyer stellte ihnen seinen Anwalt vor. Er war jung, kaum dreißig, wirkte jedoch sehr selbstbewußt.

»Essen wir erst einmal. Einen Portwein, bevor wir uns setzen?«

In großen Gläsern wurde ein sehr alter Portwein serviert. Meyer zeigte eine selbstzufriedene Miene und klopfte Célerin zweimal freundschaftlich auf die Schulter.

»Schön, wenn man sieht, daß jemand Erfolg hat, daß Talent honoriert wird ...«

Das Menu stand bereits fest. Sie aßen gefüllten Hummer und danach den berühmten *Canard au sang*.

»Was meint Colomel?«

»Er hat schon ein paar Ideen. In einer Woche will er uns die ersten Entwürfe zeigen. Der Laden wird nicht wiederzuerkennen sein.«

Célerin verzehrte sein Dessert, ohne genau zu wissen, was es war. Irgendein Likör war darin, doch er hätte nicht sagen können, was für einer.

»Wie wär's jetzt mit einem Weinbrand?«

»Nein, danke, ich muß noch arbeiten.«

»Und Sie, Célerin?«

»Danke, für mich auch nicht.«

Meyer zündete sich eine Zigarre an. Der Maître d'hôtel räumte den Tisch ab, und der Anwalt holte seine Aktentasche, die er in einer Ecke abgestellt hatte.

»Kann ich anfangen?«

»Ja, lesen Sie vor... Aber langsam... Geben Sie jedem von uns eine Kopie, damit wir mitlesen können...«

Es waren fünf große maschinengeschriebene Seiten.

»Die Unterzeichneten...«

Célerin hörte mir ernster Miene zu. Brassier rauchte eine Zigarette, als hätte er Lampenfieber.

Der Vertrag enthielt alles, was für eine Partnerschaft dieser Art von Belang sein konnte, einschließlich einer Lebensversicherung, die Meyer eventuell auf Célerin abschließen wollte. Brassier schien weniger unentbehrlich zu sein; von ihm war in der betreffenden Klausel nicht die Rede.

Es wurde festgehalten, daß ausschließlich Schmuck aus der Rue de Sévigné verkauft oder ausgestellt werden durfte.

»Das war's!... Ich hoffe, ich habe an alles gedacht... Mein Prinzip ist, daß ein Geschäft für beide Seiten von Vorteil sein muß, und in diesem Sinne ist der Vertrag abgefaßt...«

Brassier bemerkte:

»Paragraph 7 verstehe ich nicht ganz... Da heißt es, daß die Partnerschaft nach Ablauf von drei Jahren auf Ihren Antrag hin aufgelöst werden kann... Wieso ist diese Klausel einseitig?«

»Weil ich die ganzen Kosten trage, und die werden sehr hoch sein. In den ersten Monaten und sogar im ersten Jahr werden wir mit Verlust arbeiten, und die Verluste trage ich ebenfalls. Die Idee ist gut, und ich habe Vertrauen zu Ihnen beiden, aber wie bei jedem Vorhaben kann der gewünschte Erfolg auch ausbleiben.

Ich gebe uns drei Jahre. Wenn wir bis dahin immer noch mit Verlust arbeiten, behalte ich mir das Recht vor, mich aus dem Geschäft zurückzuziehen. Sie müßten sich dann einen anderen Partner suchen ...«

Er zog an seiner Zigarre.

»Sonst keine Einwände?«

»Was mich betrifft, nicht«, sagte Brassier.

»Nein«, murmelte Célerin, der kaum zugehört hatte.

Der Anwalt zog einen goldenen Füllfederhalter aus der Tasche und gab ihn Meyer zusammen mit einer vierten Vertragsausfertigung.

»Sie unterschreiben hier ...«

»Ich mach' das nicht zum erstenmal, wissen Sie ...«

Dann mußte Brassier viermal unterschreiben und schließlich Célerin.

Meyer schien auf einen versteckten Klingelknopf gedrückt zu haben, denn wie durch Zauberei erschien plötzlich der Weinkellner mit einer Flasche Champagner des Jahrgangs 1929.

»So geht es, wenn man Geschäfte macht, Monsieur Célerin. Am Sonntag morgen kannte ich Sie noch gar nicht, und heute ist Donnerstag, und wir sind Partner, auf Gedeih und Verderb ...«

Er lachte laut.

»Auf unsere neue Firma! ...«

Gleichsam aus Trotz, oder aus Gründen, die er selbst nicht kannte, trank Célerin drei Gläser hintereinander, und da er zum Essen bereits Wein und als Aperitif einen Portwein getrunken hatte, drehte sich ihm der Kopf.

Er stand abrupt auf und ging, ohne sich zu verabschieden. Seine düsteren Gedanken hatten ihn wieder eingeholt. Was hätte Annette gedacht, wenn sie bei der kleinen Feier dabeigewesen wäre und ihn in seinem Zustand gesehen hätte? Er ging ziellos durch die Straßen. Bis zum Boulevard Beaumarchais war es nicht weit. Sein Leben lang war er nüchtern gewesen. Er konnte sich nicht entsinnen, auch nur ein Mal betrunken gewesen zu sein.

Sein Gang war bereits unsicher, als er am Ende des Quai de la Tournelle ein Bistro betrat.

»Einen Kognak. Einen doppelten.«

Er stand mit aufgestützten Ellbogen an der Theke und sah sich selbst im Spiegel hinter den Flaschen. Der Wirt war in Hemdsärmeln und trug eine blaue Schürze. Sonst war das Bistro leer, nur eine rötliche Katze rieb sich an Célerins Beinen.

»Sieh mal an«, sagte er halblaut, »wenigstens einer, der sich für mich interessiert ...«

Dann betrachtete er sich erneut im Spiegel. Der Wirt, der schon ganz anderes gesehen hatte, sprach ihn gutgelaunt an.

»Das ist wohl heute nicht der erste, was?«

»Der erste wovon?«

»Der erste Kognak ...«

»Irrtum, Monsieur, ich habe einen Pommery, Jahrgang 1929, getrunken ... Drei Gläser ... Nein, vier ... Und davor einen Chambertin ... Und vor dem Chambertin ... Ach, ich weiß nicht mehr ...«

»Sie wollen doch nicht etwa sagen, daß Sie im ›Tour-d'Argent‹ waren?«

»Doch, doch, Sie werden's nicht glauben ... In einem separaten Salon ... Ich glaub', ich hab' ein bißchen viel getrunken ... Das hätt' ich früher machen sollen, als meine Frau gestorben ist, aber da hab' ich nicht daran gedacht ... Noch einen ...«

»Wirklich?«

»Keine Angst, ich fange schon nicht an zu randalieren ... Ich bin ganz harmlos ... verstehen Sie? ...«

Und er streckte seinem Spiegelbild die Zunge heraus.

Nur mit Mühe gelang es ihm, sich eine Zigarette anzuzünden, denn seine Hände zitterten.

»Ich wohne am anderen Seineufer, am Boulevard Beaumarchais, aber ich geh' noch nicht heim ... Ich muß erst noch in die Werkstatt ... Ohne mich läuft da nichts ... Aber meine Leute sind schwer in Ordnung, die besten Goldschmiede in ganz Paris ...«

»Sie sind Goldschmied?«

»Ja ... Und seit heute hab' ich meinen eigenen Laden ... Was glauben Sie, wo der ist? ...«

»Ich weiß nicht ...«

»In Deauville ... Ich war noch nie in Deauville ... Eine erstklassige Kundschaft soll das dort sein ...«

Er redete und redete und hätte doch am liebsten geweint.

»Was macht das?«

»Drei achtzig ...«

Er durchsuchte seine Taschen und fand das Geld.

»Sie gefallen mir, Monsieur ...«, sagte er noch und ging dann zur Tür.

Auf der Seinebrücke achtete er sorgfältig auf die Autos. »Ein Unfall in der Familie genügt«, dachte er.

Dann lachte er: »Und Meyer hat noch gar keine Zeit gehabt, die Versicherung abzuschließen ...«

Dieser verwünschte Meyer, der eine Lebensversicherung auf ihn abschloß, für den Fall, daß ihm etwas zustieß.

»Jedenfalls weiß ich dann, was ich in Geld wert bin ...«

Er wollte seine trüben Gedanken verscheuchen. Sie machten seine Frau auch nicht wieder lebendig. Sie war tot. Jeder muß einmal sterben. Sie lag in Ivry begraben, und er hatte bereits einen einfachen Grabstein bestellt. Eines Tages würde auch er dort begraben sein.

Was die Kinder betraf, so dachten sie nur an sich selbst. Nicht ein einziges Mal hatten sie sich um ihn Gedanken gemacht. Doch! Jean-Jacques hatte ihm geraten, wieder zu heiraten, als sei es eine Schande, Witwer zu sein.

Und wenn er gerne Witwer bleiben wollte?

Er kam am Rathaus vorbei, wo er Madame Mamin, Annettes Vorgesetzte, aufgesucht hatte. Ihre Erscheinung paßte haargenau zu ihrem Beruf. Vermutlich hatte sie Annette besonders gern gehabt. Alle mochten Annette. Sie weckte Sympathie und auch eine Art Rührung, weil sie bei aller Zartheit soviel Energie entfaltete. Sie dachte nie an sich. Sie dachte nur an andere.

Und er? Wie sahen die anderen ihn? Kaum jemand achtete auf ihn, seine Kollegen und Nathalie ausgenommen.

Denn Nathalie hatte ihn gern. Doch Nathalie war alt.

Allzu lange würde sie nicht mehr arbeiten können. Was würde er dann tun? Und wenn sie starb? ...

Das waren Fragen, über die er in nüchternem Zustand nicht nachzudenken wagte. Er würde nicht nur Witwer sein, er würde ein alter Witwer sein, der in den Geschäften des Viertels für einen Ein-Personen-Haushalt einkauft ...

Dann war er in der Rue de Sévigné und stieg langsam die Treppe hinauf. Er hielt sich am Geländer fest. Madame Coutance sah ihn bestürzt an. Man merkte auf den ersten Blick, daß er zuviel getrunken hatte.

»Kommen Sie mit in die Werkstatt ... Ich hab' eine sensationelle Neuigkeit ...«

Sie folgte ihm voll Unbehagen. Manchen Menschen gesteht man es ohne weiteres zu, wenn sie betrunken sind, anderen nicht.

Sie hatten Célerin noch nie betrunken gesehen, und jetzt konnte er sich kaum noch aufrecht halten.

»Also, Ihr Lieben ... Die Sache ist perfekt und geht uns alle an ... Ich habe – natürlich zusammen mit Brassier – einen Vertrag unterschrieben, der für uns von allergrößter Bedeutung ist ...

Wir kriegen einen eigenen Laden, in Deauville, direkt gegenüber dem Casino ... Er muß nur noch umgebaut werden ... Nur Schmuck aus unserer Werkstatt wird dort verkauft ...«

Sie sahen ihn an, unschlüssig, ob sie sich freuen sollten oder nicht.

»Wir werden Teilhaber von Meyer ... Natürlich nicht an den Champs-Elysées ... Nur in Deauville ... Na, wollt ihr mir nicht gratulieren?«

»Aber wie sollen wir das schaffen? Stellen Sie noch Leute ein?«

»Und wo bringen wir die unter?«

Und Jules Daven fragte voll Mißtrauen:

»Sie wollen doch nicht die Werkstatt aufgeben?«

»Auf keinen Fall... Hier hab' ich angefangen, und hier bleibe ich bis an mein Lebensende...«

Er wandte sich an Pierrot.

»Komm, hol uns zwei Flaschen Wein... Aber keinen offenen...«

Die anderen sahen sich betroffen an. Sie wußten nicht, was sie denken sollten. Sie hatten Célerin gern, und es beunruhigte sie, ihn so zu sehen.

»Stimmt das, was Sie da von Deauville erzählt haben?«

»Was glaubt ihr, wo ich zum Essen war?... Im ›Tour d'Argent‹... Und nach dem Essen hat der Anwalt den Vertrag vorgelesen, und wir haben alle drei unterschrieben... Jetzt müssen wir wohl ab und zu Überstunden machen... Aber erst einmal bekommt ihr alle eine Lohnerhöhung, gleich nächsten Monat...«

»Und was wird Monsieur Brassier dazu sagen?...«

»Monsieur Brassier hat da überhaupt nichts zu sagen. Ist es sein Kopf, auf den die Versicherung abgeschlossen wird, oder meiner?... Denn ohne meine Arbeit...«

Tränen traten ihm in die Augen.

»Ich bin ein Idiot... Ich hab' zuviel getrunken... Ich merke genau, daß ich zuviel getrunken habe und wie ein Betrunkener daherrede...«

»Soll ich Ihnen eine Tasse Kaffee machen?« fragte Madame Coutance.

»Davon wird mir nur schlecht ... Aber was soll's! ... Ich hab' A gesagt, jetzt muß ich auch B sagen ... Daven, du bringst mich im Taxi nach Hause, wenn ich nicht mehr gerade gehen kann ...«

Pierrot kam mit dem Wein zurück, und die anderen beobachteten Célerin noch besorgter. Er würde noch mehr trinken, soviel war gewiß. Und das tat er auch.

»Auf euer Wohl ... Auf unseren Laden ...«

Sie tranken alle, wenn auch ein wenig bedrückt.

»Ab sofort wird mit Hochdruck gearbeitet, damit wir einen ausreichenden Schmuckbestand haben, wenn der Laden eröffnet wird.«

Es klingelte. Die Tür zum Laden stand offen, und Célerin rief:

»Sieh an, Madame Papine ...«

»Papin«, verbesserte sie.

Madame Coutance versuchte einzugreifen und die Tür zu schließen, doch er schob sie beiseite.

»Sie fahren nicht zufällig im Urlaub nach Deauville?«

»Ich habe dort in der Nähe ein Haus ...«

»Na, bestens! Da macht nämlich demnächst ein Geschäft auf, das nur unseren Schmuck führt ...«

»Wieso, ziehen Sie um? ...«

»Um Himmels willen, nein! ... Kommen Sie, trinken Sie ein Glas mit uns ... Wir stoßen gerade auf das neue Geschäft an ...«

Madame Coutance gab ihr durch eine Geste zu verstehen, daß sie nichts dafür könne.

»Keine Angst ... Es ist ein anständiger Wein ...«

Sie nippte an ihrem Glas und bekam einen Schluckauf.

»Und was bringen Sie uns heute?«

Sie warf Madame Coutance einen ratlosen Blick zu und erhielt als Antwort ein aufmunterndes Nicken.

»Einen Smaragd … Er stammt aus einem sehr alten Collier, das meine Tante wahrscheinlich von ihrer Mutter oder ihrer Großmutter geerbt hat …«

Sie entnahm ihrer Handtasche einen prachtvollen, in Seidenpapier gewickelten Smaragd.

»Und was sollen wir damit machen?«

»Für einen Ring ist er zu groß … Vielleicht eine Brosche …«

»Warten Sie einen Moment … Ich werde Ihnen Ihre Brosche sofort aufzeichnen …«

Er trat schwankend an seinen Arbeitstisch, nahm einen Bleistift und warf die Konturen des Steins auf ein Blatt Papier.

»Soll es etwas Modernes sein?«

Er begann Striche zu zeichnen, von denen niemand hätte sagen können, was sie darstellen sollten. Dann brach er ab, füllte sein Glas von neuem und trank es aus.

»Geduld, Madame Papin, und keine Angst … Ich bin betrunken, aber ich bin völlig klar im Kopf … Klingt komisch, was? … Stimmt aber trotzdem …

Die Striche hier sind Strohhalme und Gras … Kann ich den Stein mal eben haben? …«

Er legte ihn auf die Mitte der Zeichnung.

»Das ist jetzt natürlich nur eine Skizze … Es soll ein Nest sein … Ein stilisiertes Nest … Und ganz tief drinnen schimmert wunderschön grün Ihr Smaragd …«

Alle waren fasziniert. Innerhalb weniger Minuten hatte Célerin vor ihren Augen eines seiner schönsten Schmuckstücke entworfen.

Jules Daven brachte ihn im Taxi nach Hause, denn allein hätte er es nicht mehr geschafft. Es gelang ihm zwar noch, seinen Schlüssel hervorzuholen, aber nicht mehr, ihn ins Schlüsselloch zu stecken.

»So, da sind wir... Du solltest gleich schlafen gehen und morgen den ganzen Tag im Bett bleiben... Mach's gut, Georges...«

Daven war der einzige, der in duzte. Sie hatten zusammen in der Rue Saint-Honoré gearbeitet, und Daven war mit seinen vierundfünfzig Jahren älter als er.

Célerin hielt ihn am Ärmel fest.

»Bleib doch noch... Hör zu... Wir müssen noch was trinken... Doch! Ich bestehe darauf... Vergiß nicht, heute ist ein denkwürdiger Tag...«

Er war entzückt, auf dieses Wort gekommen zu sein, und lächelte, als er es aussprach.

Nathalie faßte ihn am Arm und forderte Daven durch ein Zeichen auf zu gehen.

»Kommen Sie«, sagte sie, »ich bring' Ihnen noch etwas zu trinken, wenn Sie wollen. Ihr Freund hat schon genug gehabt, der darf nicht noch mehr trinken...«

»Daven?« fragte Célerin verwundert und erfreut.

»Ich weiß nicht, wie er heißt, jedenfalls konnte er nicht mehr gerade stehen.«

Die Kinder waren in ihren Zimmern. Um diese Zeit machten sie ihre Hausaufgaben.

Nathalie führte Célerin ins Schlafzimmer.

»Bleiben Sie hier. Ich bringe Ihnen ein Glas Wein.«

Und das tat sie auch. Er hatte sich nicht von der Stelle gerührt. Er war wie betäubt.

»Stoßen Sie nicht mit mir an?«

»Sie wissen doch, Wein bekommt mir nicht...«

»Haben Sie das Wort gehört, das ich gebraucht habe?«

»Welches Wort?«

»Denkwürdig... Heute ist ein denkwürdiger Tag... Ich habe im ›Tour d'Argent‹ gegessen und einen Vertrag unterschrieben...«

»Geben Sie mir Ihre Jacke...«

Er sprang von einem Thema zum anderen.

»Sagen Sie, Nathalie... Sie sind wie eine Freundin für mich, meine beste Freundin... Ich wüßte gar nicht, was ich ohne Sie anfangen sollte... Und Sie waren auch für meine Frau eine Freundin... Bestimmt hat sie manches nur Ihnen anvertraut...«

Sie band ihm die Krawatte auf und drückte ihn auf das Bett nieder. Er ließ es geschehen wie ein Kind.

»Glauben Sie, sie hat mich geliebt? Aber, mein Gott – mich wirklich zu lieben, verstehen Sie, was das bedeutet?...«

»Ganz bestimmt...«

»Und Sie sagen das nicht nur, um mir eine Freude zu machen? Ich bin ein ungehobelter Mensch... Ich bin in einer Art Schweinestall geboren und aufgewachsen und hab' nicht viel Bildung mitbekommen... Aber sie – sie war fein... Ja, das Wort paßt zu ihr... Fein.«

Sein Blick fiel auf das noch halbvolle Glas auf dem Nachttisch.

»Geben Sie's mir bitte.«

Er trank es aus. Das schwierigste war, ihn in seinen Schlafanzug zu bekommen. Er war schwer und machte keine Anstalten, Nathalie die Arbeit zu erleichtern.

»So, jetzt werden Sie gleich einschlafen. Wenn Sie etwas brauchen, rufen Sie mich ...«

»Wo sind die Kinder?«

»In ihren Zimmern ... Sie arbeiten ...«

»Ich schäme mich vor ihnen ...«

»Sie werden Sie gar nicht sehen ... Schlafen Sie jetzt ...«

Sie ging auf Zehenspitzen hinaus, und er hatte kaum die Augen geschlossen, als er bereits mit offenem Mund zu schnarchen begann.

Nathalie sagte Marlène und Jean-Jacques, ihr Vater sei früher nach Hause gekommen und habe sich gleich ins Bett gelegt, weil er das Gefühl habe, eine Angina sei im Anzug.

»Seid leise, weckt ihn nicht auf ...«

In der Nacht sah sie zweimal nach ihm, und beide Male lag er in bleiernem Schlaf.

Es war ein völliges Erlöschen. Auch nicht der Hauch eines Traumes streifte ihn. Von Zeit zu Zeit wälzte er sich schwer herum, so daß die Bettfedern ächzten.

Um sechs Uhr schlug er wie gewöhnlich die Augen auf und sah, daß die Sonne durch den Spalt zwischen den Fensterläden ins Zimmer drang.

Er setzte sich auf den Bettrand, und in diesem Moment überfielen ihn so heftige Kopfschmerzen, wie er sie nie zuvor erlebt hatte.

Auch seine Augen schmerzten, und er hatte Mühe, einige bruchstückhafte Erinnerungen zusammenzufügen. Nachdenklich betrachtete er seinen Schlafanzug. Er konnte sich nicht entsinnen, sich ausgezogen zu haben, und noch weniger, in seinen Schlafanzug geschlüpft zu sein. Er stand unsicher auf und tastete sich ins Badezimmer. Als er sich im Spiegel sah, erschrak er. Ihm war übel, und er versuchte vergeblich, sich ins Waschbecken zu erbrechen.

Im Medizinschrank fand er Aspirin. Er spülte drei Tabletten mit Wasser hinunter und bekam einen Schluckauf.

Er hatte Kognak getrunken. Er spürte noch den Geschmack im Mund. Aber wo er den Kognak getrunken hatte, war ihm ein Rätsel!

Er taumelte und mußte sich wieder hinlegen. Fast augenblicklich schlief er ein, und als er erwachte, zeigte der Wecker auf zehn.

Er ging barfuß zur Tür und öffnete sie.

»Nathalie!...« rief er. »Nathalie...«

Und als sie nicht sofort erschien, kam er sich ganz verlassen vor.

»Denkwürdig...«

Warum fiel ihm dieses Wort wieder ein? Was war so denkwürdig gewesen außer seinem Rausch?

Er war wieder ins Bett geschlüpft, als Nathalie eintrat, taufrisch, mit der karierten Baumwollschürze und dem Tuch, das sie sich um den Kopf band, wenn sie saubermachte.

»Wie fühlen Sie sich?«

»Schlecht. Ich schäme mich so...«

»Wenn alle sich schämen würden, die ab und zu ein Glas über den Durst trinken, dann wäre die Welt ein Jammertal...«

»Wer hat mich ausgezogen, Nathalie?«

»Ich.«

»Haben die Kinder mich gesehen?«

»Nein, sie sind gar nicht ins Zimmer gekommen... Ich hab' ihnen gesagt, Sie hätten sich erkältet und wollten sich gleich hinlegen...«

»Könnte ich eine Tasse Kaffee haben, extra stark?«

»Als Sie gerufen haben, hab' ich gleich welchen aufgesetzt...«

Er saß, von Kissen gestützt, mit zerzausten Haaren im Bett. Er fühlte, daß er auf Nathalies Hilfe angewiesen war, und wie ein kleiner Junge wartete er brav auf ihre Rückkehr.

»Vorsicht, heiß...«

»Waren Sie schon einkaufen?«

»Ich hab' beim Metzger angerufen und das Fleisch bringen lassen. Gemüse war noch im Haus...«

»Sie wollten mich lieber nicht allein lassen, stimmt's?«

»Es hätte ja sein können, daß Sie mich brauchen.«

»War ich Ihnen nicht zuwider gestern abend?«

»Aber nein. Sie waren ja noch ganz vernünftig...«

»Was hab' ich denn so gesagt?...«

»Etwas von einem Vertrag, den Sie unterschrieben haben...«

»Ja, das stimmt tatsächlich. Ich habe einen wichtigen Vertrag unterschrieben... Aber ich frage mich, ob es richtig war... Brassier hat mich gedrängt...«

»Sie haben doch hoffentlich nicht die Werkstatt verkauft?«

Sie mochte Brassier nicht. Sie fand ihn zu ehrgeizig. Und Eveline konnte sie nicht ausstehen. Sie sagte von ihr:

»Frauen wie sie haben nichts im Kopf außer ihren Kleidern und ihrer Schönheit. Bestimmt läßt sie sich in zehn Jahren die Falten wegoperieren. Was macht sie nur den ganzen Tag?«

»Nein, die Werkstatt hab' ich nicht verkauft. Im Gegenteil... Aber apropos Werkstatt... Ich glaube... Doch, ja, eine unserer besten Kundinnen kam, als ich gerade dort war... Ich weiß nicht, wie ich mich benommen habe... Hoffentlich hab' ich nicht zuviel Unsinn geredet...«

Der Kaffee tat ihm gut.

»Kann ich noch eine Tasse haben?«

Er fragte so demütig, daß sie sich ein gerührtes Lächeln nicht verbeißen konnte. Er war wie ein großes Kind, das eine Dummheit gemacht hat und will, daß man ihm wieder gut ist...

Er rief in der Rue de Sévigné an.

»Hallo!... Madame Coutance?... Können Sie mir bitte Daven geben?...«

Er hörte, wie die Schritte sich entfernten und dann wieder näher kamen.

»Hallo!...«

»Jules? Entschuldige die Störung. Ich werde heute morgen wohl nicht in die Werkstatt kommen...«

»Hab' ich mir schon gedacht...«

»Ich war ziemlich betrunken, was?«

»Stockbetrunken.«

»Sag mal... Hab' ich Dummheiten gemacht?«

»Nein, keine Spur.«

»Ich erinnere mich dunkel, daß ich Madame Papin gesehen habe...«

»Du hast sie sogar Madame Papine genannt, aber sie hat dich sofort verbessert.«

»Was hab' ich denn zu ihr gesagt?«

»Daß du in Deauville ein Geschäft eröffnen willst. Sie wollte wissen, ob du trotzdem in Paris bleibst und weiterhin für deine Kundinnen arbeitest.«

»Ich kann mich an nichts erinnern.«

»Es kommt noch besser. Hör zu. Sie hat einen Smaragd mitgebracht, bestimmt zwanzig Karat, von der Mutter oder Großmutter ihrer Tante. Sie wollte wissen, ob du daraus eine Brosche machen kannst.

Du hast dir den Stein eine Weile angeschaut, dann bist du ans Zeichenbrett gestürzt, und was du da gezeichnet hast, sah erst wie irgendein Gekritzel aus. Aber ein paar Minuten später hast du den Stein in die Mitte gehalten, und da war es eines der schönsten Schmuckstücke, die ich je von dir gesehen habe.«

»Hab' ich mich auch bestimmt nicht blamiert oder danebenbenommen?«

»Keine Spur. Du hast dich ganz brav ins Taxi verfrachten lassen. Ich hab' dich nach Hause gebracht, denn du wolltest noch einen letzten Kognak trinken.«

»Ich weiß, daß ich Kognak getrunken habe, aber ich weiß weder wo noch wann ...«

»Das weiß ich auch nicht. Als du hier warst, hast du zwei Flaschen Wein holen lassen.«

»Was haben sie gesagt?«

»Wer?«

»Die anderen.«

»Nichts. Sie waren ein bißchen überrascht. Wir hatten dich ja noch nie so gesehen. Wir hatten auch Angst, daß du vorhast, nach Deauville umzuziehen, weil du dauernd von einem großartigen Vertrag und einem Laden in Deauville geredet hast.«

»Es stimmt, wir wollen dort wirklich ein Geschäft eröffnen, aber die Arbeit machen wir weiter in Paris. Danke, Jules. Sag den anderen, es tut mir leid. Auch Madame Coutance...«

Nathalie stand mit verschränkten Armen neben ihm und sah ihm zu, wie er seine zweite Tasse Kaffee trank, die weniger bitter schmeckte als die erste.

»Ich hab' gestern ziemlich viel geredet, nicht wahr?«

»Es geht...«

»Ich hab' keine Ahnung mehr, was ich gesagt habe. Das letzte, woran ich mich erinnere, ist, daß ich den Lehrling losgeschickt habe, um zwei Flaschen Wein zu holen...«

»Ich glaube, alles in allem hat Ihnen das Ganze gutgetan.«

»Wieso?«

»Seit Wochen sind Sie so angespannt und kapseln sich ab.«

»Ich habe ständig an Annette gedacht...«

»Und Sie werden auch weiterhin an sie denken, aber nicht mehr so ausschließlich.«

»Ich glaube, ich war nicht der Ehemann, der ich hätte sein sollen.«

»Wie meinen Sie das?«

»Ich habe viel darüber nachgedacht. Eine Frau braucht Zärtlichkeit, kleine Aufmerksamkeiten. Für mich war die Sache einfacher. Ich ging davon aus, daß wir uns liebten, ein für allemal, und ich dachte, es sei nicht nötig, ihr das immer wieder zu sagen. Sie war so zart, so sensibel, und ich habe neben ihr hergelebt, ohne es zu merken ...«

»Aber Sie waren doch sehr zärtlich zu ihr.«

»Nicht genug. Jetzt mache ich mir Vorwürfe.«

»Das müssen Sie nicht. Sie war eine Frau, die ihre eigene Aufgabe gebraucht hat. Im Grunde war sie wohl stärker als Sie.«

»Was machen wir mit ihren Kleidern?«

Endlich begriff er, daß sie nicht ewig im Schrank bleiben konnten. Es war jeden Morgen ein Schock, wenn er sie über den Bügeln hängen sah wie leere Körper. Sie in einen Koffer zu packen und auf den Dachboden zu bringen war eine noch schlechtere Lösung. Es wäre ihm wie ein zweites Begräbnis vorgekommen.

»Wem könnten wir sie denn geben?«

»Beim Einkaufen sehe ich oft eine Frau mit zwei ganz kleinen Kindern, eine Witwe, die sich sehr tapfer hält. Ich weiß zwar nicht, wo sie wohnt, aber ich kann ja den Metzger fragen.«

»Ja, das ist gut ... Geben Sie ihr alles, was Annette gehört hat.«

Er hätte diesen Entschluß vielleicht nicht gefaßt, wenn er am Abend zuvor nicht getrunken hätte. Seine Kopfschmerzen ließen nach, nur das flaue Gefühl im Magen blieb.

Er zögerte.

»Und wenn ich die Frau in einem Kleid von meiner Frau auf der Straße sehe?«

»Sie werden es gar nicht merken. Madame hatte nur Konfektionskleider, keine teuren Modelle ...«

»Ja, stimmt«, pflichtete er ihr bei.

Es tat ihm gut, mit Nathalie über alles zu sprechen. Zu lange hatte er diese Dinge mit sich allein abgemacht.

»Wissen Sie ... Sie war mein ganzes Leben ...«

»Das hab' ich gleich gemerkt ...«

»Sie hat mich nicht so geliebt wie ich sie. Sie war meine Frau ... Sie hat mich geliebt, wie eine Frau ihren Mann eben zu lieben hat, mehr nicht. Hab' ich recht?«

»Schwer zu sagen. Man weiß nie, was in einem Menschen vorgeht. Sie ging auch ganz in ihrem Beruf auf ... Sie hätte eine Barmherzige Schwester sein können ...«

»Reden die Kinder manchmal von ihr?«

»Selten. Vielleicht einmal, wenn es Spaghetti gibt: ›Mutters Lieblingsgericht‹ sagen sie dann ...«

»Wissen Sie, daß Jean-Jacques uns verläßt?«

»Ja, er hat es mir vor ein paar Wochen gesagt ...«

»Hat er mit seiner Mutter darüber gesprochen?«

»Ich glaube nicht. Er hatte kein sehr enges Verhältnis zu ihr. Wenn er sich jemandem anvertraut hat, dann eher mir ...«

»In ein paar Jahren geht auch Marlène aus dem Haus, und dann bleiben wir beide allein zurück ...«

»Bis dahin gehe ich wahrscheinlich am Stock, wenn nicht sogar an Krücken ...«

»Ich werde eine Putzfrau einstellen ...«

»Wenn Sie glauben, ich lasse mir hier von einer Putzfrau hineinreden! Entweder Sie behalten mich, so wie ich bin, oder ich gehe ins Altersheim ...«

War es sein Kater, der ihn so empfindlich machte? Er konnte seine Tränen nicht zurückhalten und fing auf einmal an zu weinen.

Sie sah ihm wortlos zu. Es tat ihm gut, doch er weinte nicht lange. Das Gesicht in den Händen vergraben, murmelte er etwas von einem »Taschentuch«, und sie brachte ihm eines. Dann holte sie ein mit kaltem Wasser getränktes Handtuch.

»Legen Sie sich das auf die Stirn...«

Er hatte stets geglaubt, stark zu sein, doch jetzt waren bereits Wochen vergangen, und er hatte sein Gleichgewicht noch immer nicht wiedergefunden.

»Ich sollte mich wie ein erwachsener Mann benehmen...«

»Ich lasse Ihnen ein Bad ein. Nehmen Sie sich viel Zeit, und rasieren Sie sich dann, wenn Ihre Hände nicht zu sehr zittern...«

»Meine Hände zittern?«

»Ein bißchen. Das ist ganz normal.«

»Hier habe ich aber keinen Kognak getrunken, oder?«

»Ich habe Ihnen ein Glas Wein gebracht. Sonst hätten Sie wahrscheinlich protestiert, und die Kinder hätten Sie gehört...«

Sie drehte die Wasserhähne auf. Er vernahm das vertraute, beruhigende Plätschern des Wassers.

»Während Sie im Bad sind, setze ich schon mal das Gemüse auf.«

»Wie spät ist es denn?«

»Fast elf... Ziehen Sie sich etwas Leichtes an, es ist sehr warm draußen... Sie brauchen nicht den ganzen Tag im Bett zu bleiben. Gehen Sie in Ihre Werkstatt, das wird Ihnen guttun.«

»Das glaub' ich auch...«

Er hätte gern ihre Hand genommen und sie geküßt. Sie drehte das Wasser ab.

»Stellen Sie sich erst einmal hin, damit ich sehe, ob Sie überhaupt gerade stehen können ...«

Sie hatte es in scherzhaftem Ton gesagt, aber sie meinte es ernst. Er stand auf, ging zum Fenster und wieder zurück.

»Und? Hab' ich die Prüfung bestanden? ...«

»Ja ... Jetzt kann ich Sie allein lassen ...«

Er putzte sich ausgiebig die Zähne, weil er hoffte, auf diese Weise den unangenehmen Geschmack im Mund loszuwerden. Dann schlüpfte er aus dem Schlafanzug und streckte sich in der Wanne aus.

Er rasierte sich gründlicher als sonst und wählte einen seiner besten Anzüge und eine helle Krawatte. Er wollte frisch und gepflegt aussehen, wenn die Kinder ihn sahen.

Als erste kam Marlène nach Hause.

»Nanu, du bist schon wieder auf?«

»Es war Fehlalarm. Gestern nachmittag hatte ich Halsschmerzen und dachte, ich bekomme eine Angina ...«

»Wie elegant du bist! Wo willst du denn hin?«

»In die Werkstatt ...«

Und Jean-Jacques rief:

»Schon wieder auf den Beinen?«

»Wie du siehst ... Krankheiten wollen wohl nichts von mir wissen ...«

Tatsächlich hatten ihn seine Kinder nie auch nur einen Tag im Bett erlebt.

Zum Essen trank er ein Glas Rotwein. Er hatte das Gefühl, daß es ihm guttat.

»Was macht das Abitur?«

»In drei Tagen geht's los ...«

»Du schaffst es bestimmt spielend ...«

»Wenn ich nur auch so sicher wäre ... Sie werden von Jahr zu Jahr strenger ...«

Dann ging er durch die Straßen, auf denen Licht und Schatten wechselten. Er fühlte sich, wie wenn er lange fort gewesen wäre ... Passanten kamen ihm entgegen, andere überholten ihn ... Er wußte nichts von ihnen, er sah sie nicht einmal aufmerksam an. Sie alle waren Menschen, manchmal schwach und feige, manchmal heldenhaft.

»Guten Tag!« rief er Madame Coutance zu.

Sie hatte nach dreijähriger Ehe ihren Mann verloren. Er war Offizier gewesen. Bei einem Ritt durch den Wald war er gegen einen Ast geprallt und vom Pferd gestürzt.

Sie hatte sich eine Arbeit gesucht, und nach und nach hatte sie ihr Gleichgewicht und ihre gute Laune wiedergefunden.

»Salut, allerseits!« rief er, als er die Werkstatt betrat.

Sein Blick fiel auf die Skizze, die er tags zuvor angefertigt hatte. Daven hatte nicht übertrieben. Es war das Beste, was er je gemacht hatte.

6

Er saß allein vor dem Fernseher und hing seinen Gedanken nach, als er neben sich ein Geräusch hörte. Es war Marlène, die unbemerkt hereingekommen war.

Einen Augenblick legte sie scheu ihre Hand auf die seine und sagte leise:

»Es macht dir doch nichts aus, daß ich in den Ferien zwei Wochen zu meiner Freundin fahre? Ich freu' mich schon genauso auf die Zeit, die ich danach mit dir in Porquerolles bin ...«

Sie schwiegen. Cowboys galoppierten über den Bildschirm.

»Kommt Jean-Jacques auch mit?«

»Ich weiß nicht. Er hat mir noch nicht gesagt, was er in den Ferien vorhat. Ich lasse ihm da freie Hand ... Bestimmt hat er auch irgendwelche Freunde ...«

»Du bist wirklich ein prima Vater.«

Und sie gab ihm einen schallenden Kuß auf die Wange. Vielleicht bemerkten beide, Jean-Jacques und sie, wie niedergedrückt ihr Vater seit dem Tod ihrer Mutter war, doch sie trauten sich nicht, den ersten Schritt zu tun.

In dieser Nacht schlief er besser.

Am nächsten Morgen stellte er fest, daß die Sachen seiner Frau aus dem Schrank und den Schubladen der Kommode verschwunden waren. Er fragte sich, ob es richtig gewesen war, Nathalies Rat zu befolgen.

Er frühstückte wie immer allein, denn morgens ging er als erster aus dem Haus.

An einer Straßenecke des Boulevard Beaumarchais stieß er fast mit einem Polizisten zusammen. Er wandte sich um und erkannte den Brigadier Fernaud, der ihm die Unglücksbotschaft überbracht hatte. Der Beamte hatte sich gleichfalls umgedreht.

»Mir scheint, Sie sind nicht in Ihrem Revier«, sagte Célerin scherzhaft.

»Stimmt. Ich habe noch etwas zu erledigen, bevor ich meinen Dienst antrete.«

Er sah ihn aufmerksam an.

»Wie geht es Ihnen?«

»Den Umständen entsprechend ganz gut.«

Nach kurzem Zögern stellte Fernaud ihm schließlich die Frage, die ihm auf der Zunge lag.

»Waren Sie in der Rue Washington?«

»In der Rue Washington? Wozu?«

Der Polizist schien seine Frage bereits zu bereuen.

»Ich weiß nicht... Zum Beispiel, um herauszufinden, aus welchem Haus Ihre Frau kam...«

»Sind Sie sicher, daß sie aus einem Haus kam?«

»Das haben jedenfalls zwei Zeugen behauptet.«

»Haben Sie eine Untersuchung durchgeführt?«

Célerin war hellhörig geworden und fragte sich, ob der Polizist ihm etwas verschwieg.

»Ob sie aus einem Haus kam oder nicht, geht uns nichts an. Unsere Untersuchung betraf nur den Unfall selbst...«

Célerins ängstlicher, argwöhnischer Blick war ihm unbehaglich, und er verabschiedete sich rasch.

»Tut mir leid, aber ich werde an der Place de la Bastille erwartet...«

Er hatte nichts Konkretes gesagt. Er hatte nur eine Frage gestellt, doch diese Frage gab Célerin zu denken. Hätte er selbst hingehen und die Zeugen befragen sollen? Hatte der Polizist sich nicht gewundert, daß er nichts dergleichen getan hatte?

In der Rue de Sévigné war bereits alles an der Arbeit. Jules Daven mühte sich mit der Fassung für die Brosche der Witwe Papin ab.

»Gibt's was Neues?«

«Nein. Alles in Ordnung.«

»Ich muß eine Weile weg...«

Er sagte es nicht gern. Er hatte fast ein schlechtes Gewissen gegenüber Annette.

Den Wagen hatte er am Boulevard Beaumarchais gelassen. Sein Weg zur Arbeit war so kurz, daß er zu Fuß gehen konnte.

Er nahm den Bus. Die Luft war mild, die Sonne kam hervor, und in den Straßencafés saßen schon Leute.

Am George v, Ecke Rue Washington, stieg er aus und wäre fast wieder umgekehrt. Sein Gefühl sagte ihm, daß es falsch war, was er tat, daß Annette ein Recht darauf hatte, in Frieden zu ruhen.

Trotzdem suchte er den gelbgestrichenen Obst- und Gemüseladen, über dem der Name Gino Manotti stand.

Der Gemüsehändler und seine Frau waren dabei, eine Grapefruitkiste zu leeren.

»Was darf's sein?«

Er hatte einen starken italienischen Akzent und die pechschwarzen Haare des Südländers.

»Mein Name ist Georges Célerin . . .«

»Wie bitte?«

»Georges Célerin . . .«

»Sind Sie Vertreter?«

»Nein. Meine Frau ist hier fast direkt vor Ihrem Geschäft überfahren worden . . .«

»Ach ja, ich erinnere mich . . .«

Und er wechselte ein paar italienische Worte mit seiner Frau.

»Es war furchtbar . . . Es sah fast so aus, als hätte sie sich mit Absicht vor den Lastwagen geworfen . . . Aber das kann ja nicht sein . . . Sie ist auf der nassen Straße ausgerutscht . . .«

»Von wo kam sie denn?«

»Sie kam aus einem Haus.«

»Aus welchem?«

»Also, ich behaupte, sie kam aus Nummer 47 . . . Ein anderer Zeuge, der draußen auf dem Gehsteig war, schwört, es sei Nummer 49 gewesen . . .«

»Hatten Sie sie früher schon einmal gesehen?«

»Ach wissen Sie, hier kommen so viele Leute vorbei . . .«

»Vielen Dank . . .«

Da er weder Namen noch Adresse des anderen Zeugen wußte, ging er zum Polizeirevier des Bezirks in der Rue du Faubourg-Saint-Honoré.

Auf einer Bank saßen Leute und warteten. Er wollte gerade am Ende der Reihe Platz nehmen, als ihn der Polizeibeamte auf der anderen Seite der Holzschranke heranwinkte.

»Sie wünschen?«

»Mein Name ist Georges Célerin ...«

Der Beamte runzelte die Stirn. Der Name schien ihn an etwas zu erinnern.

»Meine Frau ist in der Rue Washington von einem Möbelwagen überfahren worden ...«

»Ah, ja ... Ich erinnere mich dunkel ... Brigadier Fernaud hat den Fall bearbeitet, aber er ist im Moment nicht da ...«

»Ich weiß ... Ich habe ihn gerade getroffen ...«

»Was führt Sie her?«

»Ich habe Namen und Adresse von Gino Manotti, dem Gemüsehändler ...«

»Ein braver Mann ...«

»Könnten Sie mir noch sagen, wie der andere Zeuge heißt und wo er wohnt? Es war ein Passant, der den Unfall beobachtet hat ...«

Der Beamte sah ihn fast genauso an wie zuvor der Brigadier Fernaud.

»Da müßte ich im Protokoll nachsehen ... Aber ich bin im Moment allein ... Wenn Sie in einer halben Stunde wiederkommen wollen ...«

Er ging durch die Straßen. Etwas anderes konnte er nicht tun. Dann betrat er ein Bistro, um einen Kaffee zu trinken.

Er war überempfindlich geworden. Ein erstaunter Blick, ein Stirnrunzeln genügten, um ihn mißtrauisch zu machen.

Die halbe Stunde wurde ihm lang. Er hatte genug Zeit, um vor etwa zwanzig Geschäften stehenzubleiben und eine Bestandsaufnahme sämtlicher Gegenstände in den Schaufenstern zu machen.

Als er ins Polizeirevier zurückkam, gab ihm der Beamte, mit dem er zuvor gesprochen hatte, einen Zettel mit einem Namen und einer Adresse.

Gérard Verne
Vertreter
Belor-Öle
Avenue Jean-Jaurès, Issy-les-Moulineaux

Er nahm die Metro, fragte nach der Avenue Jean-Jaurès und fand nach kurzer Zeit das Haus, in dem der Vertreter wohnte. Er stieg in den zweiten Stock hinauf. Von allen Seiten hörte man Frauen bei der Hausarbeit, und die Concierge fegte die Treppe.

Er klingelte, und eine Frau in Kittel und Pantoffeln öffnete die Tür.

»Ja?«

»Ist Monsieur Verne da?«

»Ja, aber er liegt mit Grippe im Bett.«

»Kann ich ihn kurz sprechen?«

»Kommen Sie von der Firma?«

»Nein.«

»Und Arzt sind Sie auch nicht?«

Sie war mißtrauisch.

»Ich seh' mal nach, ob er wach ist...«

Einen Augenblick später kam sie zurück.

»Die Unordnung stört Sie hoffentlich nicht. Ich bin noch nicht mit der Hausarbeit fertig...«

Sie führte ihn in ein enges Schlafzimmer. Im Bett lag ein Mann, der sich seit mindestens zwei Tagen nicht mehr rasiert hatte. Er setzte sich halb auf, lehnte sich gegen das Kissen und sah den Besucher neugierig an.

»Hab' ich Sie schon mal gesehen?«

»Nein, aber meine Frau haben Sie gesehen...«

»Ich verstehe nicht...«

»Sie haben nach dem Unfall in der Rue Washington als Zeuge ausgesagt.«

»Stimmt. Und wer sind Sie?«

»Der Ehemann.«

»Und was wollen Sie wissen?«

»Ob Sie wirklich gesehen haben, daß meine Frau aus einem Haus kam...«

»Und da kommen Sie jetzt erst? Sehr eilig haben Sie's ja nicht gerade...«

»Haben Sie sie gesehen?«

»So deutlich, wie ich Sie sehe. Nachdem der Unfall passiert war, habe ich sogar nach der Hausnummer geschaut. 49. Links von der Haustür sind zwei Messingschilder, eines von einem Arzt. Aber das hab' ich alles schon der Polizei erzählt...«

»Ist sie gerannt?«

»Nicht direkt. Sie ist sehr schnell gegangen, wie jemand, der es eilig hat, und plötzlich wollte sie über die Straße... Es hat in Strömen geregnet... Sie ist ausgerutscht und direkt vor den Lastwagen gestürzt...«

»Sind Sie sicher, daß sie aus einem Haus kam?«

»Absolut. Ich bin ein guter Beobachter...«

»Vielen Dank... Und entschuldigen Sie die Störung...«

Mit der Metro fuhr er zurück zur Station George-V. Es stimmte, daß er sich viel Zeit gelassen hatte, doch hatte ihn die Achtung vor seiner Frau bisher davon abgehalten, etwas zu unternehmen. So wie es ihm in zwanzig Ehejahren nie in den Sinn gekommen war, ihre Schubladen zu öffnen.

Er begann mit Nummer 47 und hatte Glück: Die Concierge war in der Pförtnerloge. Eine Fotografie von Annette trug er stets in der Brieftasche bei sich.

In dem Raum roch es nach Rindfleisch und Zwiebeln. Die Concierge war eine noch junge, freundliche Frau.

»Wenn Sie wegen einer Wohnung kommen ...«

»Nein ...«

Er gab ihr das Foto.

»Haben Sie diese Frau schon einmal gesehen?«

Sie betrachtete das Bild aufmerksam und ging ans Fenster, um es besser sehen zu können.

»Sie erinnert mich an jemanden ... Auch der kleine weiße Kragen ... Ist das nicht die Frau, die hier in der Straße überfahren worden ist? ...«

»Ja. Wissen Sie, ob sie hier im Haus jemanden besucht hat?«

»Nicht, daß ich wüßte, und man kommt nicht so ohne weiteres ins Haus, ohne daß ich es sehe. Besonders nachmittags, wenn ich hier sitze und nähe.«

»Vielen Dank ... Und entschuldigen Sie ...«

Er entschuldigte sich ständig, aus einer Schüchternheit heraus, die wohl noch aus seiner Kindheit herrührte.

Das Nachbarhaus war ein stattliches Gebäude. Die Concierge war nicht in ihrer Loge, und er mußte eine ganze Weile vor der Glastür warten, bis sie mit Schrubber und Besen die Treppe herabkam.

»Sie wünschen?«

Sie war älter als die Concierge aus Nummer 47 und hatte kleine, mißtrauisch blickende Augen.

»Mein Name ist Célerin ...«

Er meinte, jedermann müsse über die Einzelheiten des Unfalls Bescheid wissen, den Namen des Opfers kennen.

»Und worum geht's, wenn ich fragen darf?«

Sie öffnete die Tür zur Pförtnerloge.

»Moment, ich stell' nur schnell die Sachen ab.«

Eine schwarze Katze sprang von einem Stuhl mit einem Samtkissen zu Boden, machte einen Buckel und rieb sich dann an den Beinen des Besuchers.

»Kommen Sie rein ... Und sagen Sie gleich, was Sie wollen ... Staubsauger oder Lexika verkaufen Sie nicht, nehm' ich an ... Wenn Sie zu der Wahrsagerin im fünften Stock wollen – die ist schon fast ein Jahr tot ... Aber es kommen immer noch Leute, die zu ihr wollen ...«

Fast widerwillig gab er ihr das Foto.

»Kennen Sie diese Frau?«

Sie stutzte, hob den Kopf und sah ihn aufmerksam an.

»Sind Sie ihr Mann?«

»Ja.«

Sie zögerte sichtlich.

»Waren Sie schon bei der Polizei?«

»Ja, und wenn es sein muß, gehe ich auch wieder hin.«

Ein Zentnergewicht lastete auf seiner Brust, und seine Knie zitterten. Es war offensichtlich, daß die Concierge etwas wußte, etwas, was ihm nicht gefallen würde.

»Waren Sie lange verheiratet?«

»Fast zwanzig Jahre ...«

»Sie kam seit achtzehn Jahren hierher ...«

Seine Kehle war wie zugeschnürt, und er konnte kaum sprechen. Er verfluchte jetzt den Brigadier Fernaud mit seinem vielsagenden Blick.

»War sie oft hier?«

»Nicht jeden Tag, aber mindestens dreimal die Woche ... Na gut ... Sie sind der Ehemann und haben ein Recht darauf, es zu wissen, nicht wahr? Am Anfang, als sie die Wohnung gemietet haben, dachte ich, sie wären verheiratet ... Die ganze Einrichtung hat er besorgt ... Ziemlich luxuriös ...«

»Hat er die Wohnung gekündigt?«

»Nein. Er kommt immer noch ab und zu her ... Ich glaube, sie sind nur zweimal über Nacht geblieben ... Einmal vor drei Jahren ... Er war in Anvers gewesen, um Steine zu kaufen ... Das zweite Mal vor ein paar Monaten ...

Wenn zwei sich je geliebt haben, dann die beiden. Monsieur Brassier hat ihr immer etwas Leckeres mitgebracht, denn er kam als erster ...«

»Wie war der Name?«

Er traute seinen Ohren nicht.

»Monsieur Brassier, wieso? Den Mietvertrag mußte er ja wohl mit seinem richtigen Namen unterschreiben ... Erst dachte ich, das würde nicht lange gehen mit der jungen Frau, bald würden andere kommen ... Aber nein ... Sie blieben so verliebt wie am ersten Tag ...«

»Meinen Sie Jean-Paul Brassier?«

»Wen sonst?«

»Blieben sie lange da oben?«

»Er kam normalerweise gegen drei und sie etwas später. Zwischen fünf und sechs ging sie wieder, sie hatte es immer eilig ...«

»Wer hat in der Wohnung saubergemacht?«

»Ich ... Deshalb kenne ich die beiden doch so gut ... Stellen Sie sich vor, im Schlafzimmer sind die Wände mit gelber Seide bespannt ... Und auch sonst ist überall Seide ... Wenn sie herkam und wieder wegging, sah sie eher unscheinbar aus ... Sie hatte fast immer ein Kostüm an oder ein dunkelblaues Kleid ... Aber wenn Sie die Dessous und Négligés da oben sehen würden ...«

Er hatte nicht den Mut, sie zu fragen, ob er hinaufgehen könne. Er fühlte, wie ihn alle seine Kräfte verließen. Es traf ihn härter als der Tod seiner Frau.

Seiner Frau? Er wagte das Wort nicht mehr zu gebrauchen.

Es war keine flüchtige Liebesaffäre gewesen, keine Leidenschaft, die nach ein paar Wochen oder Monaten wieder erlischt.

Achtzehn Jahre lang war sie regelmäßig in die Rue Washington gekommen, nicht in irgendein möbliertes Zimmer, sondern in eine Wohnung, die eigens für sie eingerichtet worden war. Sogar besondere Wäsche hatte sie dort gehabt.

Als er zu seinem Vater gefahren war, hatte sie ihm nach seiner Rückkehr ganz beiläufig erzählt:

»Letzte Nacht mußte ich bei einem armen alten Mann bleiben, der im Sterben lag ... Er hatte sonst niemanden, der ihm beistehen konnte ...«

Sie hatte ihn belogen. Achtzehn Jahre lang hatte sie ihn belogen. Sie war nicht seine Frau gewesen. Viel eher war sie Brassiers Frau gewesen.

Und auch Brassier hatte ihn belogen, wenn er ihm von seinen nachmittäglichen Geschäftsgängen erzählt hatte.

Wußte Eveline davon? Möglich war es. Aber sie war zu sehr mit sich selbst beschäftigt, um eifersüchtig zu sein.

»Vielen Dank, Madame …«

Mit schleppenden Schritten verließ er das Haus. An Alkohol dachte er nicht. Ziellos wanderte er durch die Straßen, den Champs-Elysées entgegen.

Er hatte Brassier nie wirklich gemocht, doch jetzt haßte er ihn. Aber Annette konnte er nicht böse sein. Es war seine Schuld. Er war nicht der richtige Mann für sie gewesen. Er hatte in ihr nur die unkomplizierte kleine Person gesehen, die keinen anderen Wunsch hatte, als sich aufzuopfern. Die Frau, die sie war, hatte er nicht wahrgenommen. Und das war in gewisser Weise schuld an ihrem Tod gewesen. Sie hatte es eilig gehabt. Vielleicht hatte sie sich verspätet. Sie wollte rasch zur Metro, wo sie sich dann beruhigen und zu ihrer gewohnten Gelassenheit zurückfinden konnte.

Nicht ihn hatte sie geliebt; sie hatte Brassier geliebt.

Und dennoch hatte sie weiter mit ihm zusammengelebt. Achtzehn Jahre lang war sie nach außen hin seine Frau gewesen.

Was konnte er tun? Seinen Geschäftspartner umbringen?

Aber er konnte sich nicht vorstellen, daß er sich eine Pistole besorgte, wartete, bis Brassier in die Werkstatt kam, und ihn dann wortlos niederschoß.

Was hätte das schon geändert? Er vergaß, die Metro zu nehmen.

Er ging zu Fuß. Hin und wieder bewegten sich seine Lippen. Er hatte sich eine Zigarette angezündet, die ihm jetzt erloschen an der Oberlippe klebte.

Zwanzig Jahre lang war er der glücklichste Mann der Welt gewesen. Er hatte nicht in Saus und Braus gelebt, aber er hatte mit der Frau zusammengelebt, die er erwählt hatte, und er übte einen Beruf aus, der ihn täglich von neuem befriedigte.

Manchmal hatte er zu Annette gesagt:

»Weißt du, ich bin einfach zu glücklich... Manchmal macht mir das angst...«

Und er hätte Grund dazu gehabt. Annette war nicht nur gestorben, sie hatte auch einen anderen geliebt. Brassier war bei der Beerdigung gewesen, doch Célerin hatte nicht auf ihn geachtet. In seinem Kummer hatte er auf niemanden geachtet. Er entsann sich jedoch, daß Brassier als erster eine Blume ins Grab geworfen hatte, eine rote Rose.

Annettes Lieblingsblume. Er hatte kaum je daran gedacht, ihr Rosen zu kaufen. Es lag ihm nicht. Es hätte ihn sogar ein wenig verlegen gemacht, ihr Blumen zu schenken.

Kam es nicht einzig und allein auf seine Liebe an?

Nie war ihm der Gedanke gekommen, das könnte seiner Frau nicht genügen. Brassier hatte an solche Dinge gedacht; er hatte die Wände *ihres* Zimmers mit dottergelber Seide bespannen lassen.

Gab es dort auch einen Bettüberwurf aus weißem Satin wie in Brassiers Haus in Saint-Jean-de-Morteau?

Plötzlich stand er auf der Place de la Concorde. Was sollte er tun? Wohin sollte er sich wenden?

Einen Augenblick dachte er daran, nach Hause zu gehen und Nathalie sein Herz auszuschütten. War Nathalie ihm nicht stets mehr zugetan gewesen als seiner Frau? Vielleicht gab es Dinge, die nur ihr weibliches Auge bemerkt hatte...

Aber es wäre feige gewesen, einen Teil seiner Verzweiflung anderen aufzubürden. Was geschehen war, war geschehen, und er mußte der Wirklichkeit ins Auge sehen.

Und in Wirklichkeit war Annette zweimal gestorben.

Er ging dahin wie ein Betrunkener, mit schlenkernden Armen und ohne auf den Weg zu achten. Stieß er mit jemandem zusammen, fuhr er überrascht auf und stammelte eine wirre Entschuldigung.

Die Leute mußten glauben, er sei betrunken. Er hatte auch daran gedacht zu trinken, doch er hatte begriffen, daß dadurch alles nur noch schlimmer und sein Schmerz noch heftiger geworden wäre.

Ohne es zu merken, war er in die Rue de Rivoli eingebogen. Mit langen Schritten ging er dahin, und ab und zu, wenn ihm ein neuer Gedanke kam, blieb er stehen.

Er hatte nicht den Mut, in diesem Zustand vor seinen Kollegen in der Werkstatt zu erscheinen. Er betrat ein Bistro, bestellte ein Mineralwasser und ließ sich eine Telefonmünze geben.

»Guten Tag, Madame Coutance... Alles in Ordnung?«

Er hatte noch einen genügend klaren Kopf, um ein paar Höflichkeiten zu sagen.

»Würden Sie mir bitte Daven geben?«

Er hörte, wie sie ihn rief. Dann näherten sich Schritte von der Werkstatt her.

»Na, Georges, wie geht's?«

Die anderen waren daran gewöhnt, daß er schon da war, wenn sie morgens in die Werkstatt kamen. In all den Jahren hatte er keine drei Tage gefehlt. Heute war er als letzter gekommen und gleich wieder gegangen.

»Nicht besonders«, murmelte er.

»Liegst du im Bett?«

»Noch nicht. Ich hatte etwas in der Stadt zu erledigen.«

»Warst du beim Arzt?«

»Nein.«

»Du solltest hingehen. Übrigens ist Brassier da. Willst du ihn sprechen?«

»Nein. Ich wollte nur Bescheid sagen, daß ich wahrscheinlich ein paar Tage nicht komme.«

»Darf man dich besuchen?«

»Nett von dir, aber lieber nicht...«

»Also dann, gute Besserung.«

»Danke. Wiedersehen.«

Er ging nach Hause. Alle Fenster standen offen, und im Wohnzimmer lief der Staubsauger. Nathalie hob den Kopf, sah ihn aufmerksam an und schaltete das Gerät aus.

»Ihnen geht's nicht gut, nicht wahr?«

»Nein.«

»Sie haben heute morgen etwas Schlimmes erlebt...«

»Ja, sehr schlimm.«

»Legen Sie sich hin. Sie müssen sich ausruhen. Sobald Sie im Bett sind, gebe ich Ihnen etwas, damit Sie ein paar

Stunden fest schlafen. Gut, daß Sie nicht getrunken haben...«

Er warf ihr einen mißtrauischen Blick zu.

»Wieso haben Sie sofort gemerkt, daß etwas Schlimmes passiert ist?«

»Weil ein Mann wie Sie nicht ohne Grund in so einem Zustand ist...«

»Haben Sie's gewußt?«

»Ach Gott, ich hab's gewußt und auch wieder nicht gewußt. Es gibt Kleinigkeiten, die eine Frau einfach sieht... Wenn Ihre Freunde da waren, hab' ich bestimmte Anzeichen bemerkt, Blicke, die sie sich zugeworfen haben... Ihre Frau hatte glänzendere Augen als sonst, rosigere Wangen...«

»Wir reden doch wohl von ein und demselben Mann?«

»Von Monsieur Brassier, ja.«

»Glauben Sie, daß seine Frau es wußte?«

»Ich bin mir ziemlich sicher... Aber sie hat sich ja nie groß darum gekümmert, was um sie herum vorging...«

»Sie haben sich geliebt...«

»Ja...«

Er zog seine Jacke aus, denn er schwitzte.

»Waren Sie in der Rue Washington?«

»Ich komme gerade von dort... Woher wissen Sie die Adresse?«

»Als ich gehört habe, daß sie dort aus einem Haus kam und schnell über die Straße wollte, hab' ich sofort Bescheid gewußt... Ich hatte Angst, Sie könnten das gleiche denken und hingehen...«

»Seit achtzehn Jahren hatten sie dort eine Wohnung,

eine sehr luxuriöse, sagte die Concierge... Wenn sie nur...«

»Wenn sie nur was?«

»Wenn sie's mir nur gesagt hätte...«

»Sie hat es nicht fertiggebracht, Ihre Lebenslust zu zerstören... Sie waren so glücklich, so vertrauensvoll... Sie haben sich in Ihrem Glück gesonnt...«

»Ja, das stimmt... Trotzdem hatte ich manchmal Angst... Vielleicht war es eine Vorahnung...«

»Jetzt sollten Sie aber nicht mehr daran denken, wenigstens bis morgen... Sind Sie ihr sehr böse?«

»Ich weiß nicht... Die Frage hab' ich mir noch nicht gestellt.«

»Sie sollten ihr nicht böse sein. Gegen ein so starkes, so dauerhaftes Gefühl ist man machtlos. Sie hat bestimmt darunter gelitten, daß sie Sie belügen mußte.«

»Meinen Sie?«

»Sie war eine Frau, die sich nicht mit Halbheiten zufriedengab...«

»Und er?«

»Er war mir nie sympathisch. Er ist so von sich überzeugt... Aber daß diese Beziehung so lange gedauert hat, spricht wieder für ihn. Man trifft sich nicht achtzehn Jahre lang regelmäßig, so wie die beiden es getan haben, wenn man sich nicht wirklich liebt...«

»Aber warum?« rief er.

Warum er? Warum die beiden? Ohne diesen sinnlosen Unfall hätte er nie davon erfahren und sein kleines, argloses Leben weitergelebt.

»Sie hatte Spitzenunterwäsche und extravagante Négligés in der Wohnung...«

»Ich weiß ...«

»Woher wissen Sie das?«

»Einmal hat sie sich umgezogen, als ich im Zimmer war... Mir ist sofort aufgefallen, daß sie einen BH trug, den ich noch nie gesehen hatte. Sie wurde rot und hat sich schnell ihren Morgenrock angezogen und mich in die Küche geschickt, um irgend etwas zu holen... Das war nicht die Art von Wäsche, die sie zu Hause getragen hat...«

»Und ich dachte immer, sie hätte keinen Sinn für ausgefallene Dinge...«

»Außer in der Rue Washington... Und da war es wahrscheinlich Monsieur Brassiers Einfluß...«

Sein Gesicht war ausdruckslos, und sein massiger Körper wirkte schlaff. Er blickte zum Bett, dann zum Fenster, als sei er ratlos, was er tun oder wo er sich aufhalten sollte.

»Was sage ich den Kindern?«

»Ich werde ihnen sagen, daß es Ihnen nicht gutgeht, daß Sie sich noch nicht richtig von Ihrer Erkältung erholt haben...«

»Die Armen. Sie können nichts dafür...«

»Ich gehe jetzt in die Küche und mache Ihnen einen Obstsaft. Inzwischen ziehen Sie sich Ihren Schlafanzug an...«

Er gehorchte. Er wußte nicht, was er ohne sie getan hätte. Als er die Champs-Elysées und die Rue de Rivoli entlanggegangen war, hatte er mehrmals an Selbstmord gedacht.

Das war die radikalste Lösung. Er würde nicht mehr denken und nicht mehr leiden. Aber was würde dann aus den Kindern, die schon ihre Mutter verloren hatten und gerade anfingen, ihm näherzukommen?

Er ging zum Arzneischrank und nahm die Schlaftabletten heraus, die Annette genommen hatte, wenn sie nicht einschlafen konnte.

»Nein, die nicht! Das ist was für Kinder. Ich gebe Ihnen von meinen. Sie sehen, jeder hat seine schwachen Momente...«

Sie kam mit drei bläulichen Tabletten auf einer Untertasse zurück.

»Nehmen Sie alle drei... Sie brauchen keine Angst zu haben...«

»Ich würde auch zwanzig nehmen...«

»Und ich dürfte Sie dann ins Krankenhaus bringen, und da würde man Ihnen einen dicken Schlauch bis in den Magen hinunter schieben... Das wär' wohl auch nicht das Wahre...

Jetzt aber genug geredet. Legen Sie sich ins Bett...«

Sie schloß Fensterläden und Vorhänge, so daß das Zimmer in ein golden schimmerndes Halbdunkel getaucht war.

»Schlafen Sie gut... Und machen Sie sich keine Sorgen wegen der Kinder... Ich weiß schon, was ich ihnen sage...«

Er lag auf dem Rücken und blickte zur Decke empor. Er war überzeugt, daß er trotz Nathalies Tabletten keinen Schlaf finden würde. Nach einigen Minuten aber trübten sich seine Gedanken. Lange vergessene Bilder stiegen vor ihm auf, Erinnerungen, vor allem aus seiner Kindheit. Sogar der Geschmack der Suppe, die seine Mutter gekocht hatte.

Sie war gestorben, als er noch ganz klein war, und er hatte sie kaum gekannt. Jetzt aber sah er ihr Gesicht mit erstaunlicher Deutlichkeit vor sich.

Und er sah den Tümpel am Ende der Wiese, unter den beiden Trauerweiden. Dort hatte er Frösche gefangen.

All das war klar und leuchtend bunt wie in einem Bilderbuch. Er sah auch seinen spitzbärtigen Lehrer, einen seiner Mitschüler, der eine Hasenscharte hatte, und die Metzgerstochter, die von den anderen Kindern ständig an den Zöpfen gezogen wurde.

Dann verschwammen die Bilder. Sein Atem ging regelmäßig. Er schlief.

Er schlief nicht bis zum Abend, er schlief bis zum nächsten Morgen. Und es war ein so wohltuender Schlaf, daß er versuchte, wieder in ihn zurückzugleiten. Er war mitten in einem Traum aufgewacht und hätte ihn gern zu Ende geträumt.

Er sah auf den Wecker. Es war halb sieben.

Er stand auf, schlüpfte in seinen Morgenrock und ging in die Küche, wo Nathalie allein am Tisch saß und frühstückte.

»Da sind Sie ja ...«

»Guten Morgen, Nathalie ... Lassen Sie sich nicht stören ... Ich mache mir eine Tasse Kaffee ...«

»Wollen Sie nichts essen?«

»Nein ...«

Er mußte jetzt lernen, anders zu leben, anders zu denken.

»Schlafen die Kinder noch?«

»Jean-Jacques hat gestern Abitur gemacht ... Er war

nach der ganzen Nervenanspannung so erschöpft, daß er ohne Essen ins Bett gegangen ist, genau wie Sie… Jetzt lass' ich ihn schlafen, solange er will… Marlène hat noch eine Woche Schule. Ich geh' sie gleich wecken…«

Nathalie aß dicke Marmeladenbrote, deren Anblick ihn hungrig machte. Er stellte seine Tasse auf den Tisch und bestrich sich eine Scheibe Brot mit Butter und Johannisbeermarmelade.

Auch das war eine Kindheitserinnerung.

»Komische Schlaftabletten waren das… Ich hab' mich plötzlich an Dinge erinnert, die ich völlig vergessen hatte…«

»Unangenehme Dinge?«

»Nein. Es waren Kindheitserinnerungen.«

Er aß drei Marmeladenbrote, und Nathalie stand auf, um ihm noch eine Tasse Kaffee zu machen.

»Ich muß Marlène wecken… Sie braucht im Bad immer eine Ewigkeit…«

Im Gegensatz zu ihm brach sie stets in letzter Minute auf und mußte sich dann beeilen.

Er ging ins Bad, um sich zu kämmen und zu rasieren, und begann dann, noch immer in Schlafanzug und Morgenrock, durch die Wohnung zu wandern. Als Marlène ins Eßzimmer kam, wo das Frühstück für sie bereitstand, blieb sie überrascht stehen.

»Schon wieder gesund?«

Fast hätte er geantwortet, er werde nie wieder gesund werden, doch er nahm sich zusammen und bemühte sich, einen scherzhaften Ton anzuschlagen.

»Wie du siehst… Ich schaff' es einfach nicht, mal richtig krank zu werden…«

»Du gehst aber nicht in die Werkstatt ...«

»Heute nicht, und die nächsten Tage wahrscheinlich auch nicht ... Ich brauche Ruhe ...«

»Hast du Sorgen?«

»Ja, schon ...«

»Aber du willst nicht darüber reden?«

»Ich kann nicht.«

Sie aß zwei weiche Eier, in die sie Brotstücke tunkte, so wie sie es als kleines Mädchen getan hatte.

»Weißt du, daß Jean-Jacques gestern Abitur gemacht hat?«

»Ja. Ist er mit seinen Leistungen zufrieden?«

»Du kennst ihn ja. Er hält sich nicht gerade für ein As. Das Ergebnis erfährt er erst am 26., und bis dahin wird er wieder an den Nägeln kauen.«

Jean-Jacques hatte diese Gewohnheit in Zeiten der Anspannung beibehalten. Er sprach nie von sich selbst, auch nicht von seinen Klassenkameraden. Verschlossen war er jedoch nicht.

»Schläft er noch?«

»Lassen Sie ihn um Himmels willen schlafen«, schaltete Nathalie sich ein.

Marlène holte eilig ihre Schultasche und drückte ihrem Vater einen feuchten Kuß auf die Stirn.

»Bis später ... Laß dir's gutgehen ...«

»Sie können sich jetzt ins Wohnzimmer setzen. Ich hab' Ihnen die Zeitung heraufgeholt. Inzwischen mache ich Ihr Zimmer ...«

Er ließ sich in seinem Sessel nieder, dessen Leder geschwärzt war wie eine alte Pfeife. Er strengte sich an, sich auf die Nachrichten zu konzentrieren. Ein junges Mädchen war in die Seine gesprungen und in letzter Minute gerettet worden. Vier Verbrecher, die eine Serie von Raubüberfällen auf dem Gewissen hatten, sollten heute vor Gericht gestellt werden.

Es ging nicht. Er gab sich alle Mühe, allein schon um Nathalie nicht zu kränken, doch seine Gedanken kreisten unentwegt um dasselbe.

Es war quälend. So wie man mit der Zunge immer wieder einen kranken Zahn berührt, so rief er unaufhörlich die schmerzlichsten Bilder in seinem Inneren wach, zum Teil in erschreckender Deutlichkeit.

»Ich hab' das Bad einlaufen lassen.«

Er streckte sich im warmen Wasser aus und wäre fast eingeschlafen. Er seifte sich langsam ein. Er hatte nichts zu tun. Er hatte frei, genau wie sein Sohn. Doch bei ihm war es anders. Er zog sich nur Hemd und Hose an, damit er nicht in Versuchung geriet, aus dem Haus zu gehen. Es fiel ihm schon schwer, nur sein Schlafzimmer zu verlassen.

Trotzdem gesellte er sich zu Jean-Jacques, der ab und zu in die Küche pilgerte, um nachzusehen, was es im Kühlschrank Gutes gab.

»Guten Morgen, Vater...«

»Guten Morgen, mein Junge...«

»Geht's besser?«

»Besser als gestern, aber ich bin noch nicht wieder auf dem Damm.«

»Was hast du eigentlich?«

»Ich weiß auch nicht. Eine leichte Grippe, vielleicht ... Bist du zufrieden mit dem Abitur?«

»Sagen wir, ich bin nicht allzu unzufrieden... Am 26. werden wir's erfahren...«

»Was hast du in den Ferien vor?«

»Ich hab' dieses Jahr nicht so lange Ferien, weil ich ja Anfang September in England sein muß... Ach übrigens, du mußt da ein paar Papiere unterschreiben... Und man muß ein Trimester im voraus bezahlen... Schon schlimm, daß ich dich soviel Geld koste...«

»Du kannst mir die Papiere gleich geben... Weißt du, daß deine Schwester die beiden ersten Ferienwochen bei einer Freundin in Les Sables-d'Olonne verbringt?...«

»Ja, sie hat es mir gesagt. Und danach fährt sie zu dir nach Porquerolles?«

»Ja. Ich wollte wissen, ob du auch kommst.«

»Vielleicht für ein paar Tage... Da ich die nächsten Jahre im Ausland sein werde, würde ich Frankreich gern noch ein bißchen besser kennenlernen. Ein Freund und ich wollen mit dem Rucksack von Dorf zu Dorf, wenn es geht, auch per Anhalter...«

Célerin machte keine Einwände. Er hatte ohnehin nicht damit gerechnet, daß sein Sohn die Ferien mit ihm verbringen würde.

»Habt ihr schon eure Route festgelegt?«

»Nein, wir machen keine festen Pläne. Starten wollen wir jedenfalls in der Bretagne...«

Wozu wurde er noch gebraucht? Wozu war er je gebraucht worden?

Ohne ihn hätte Annette nicht ein Leben in Lüge führen müssen. Er kannte sie gut genug, um zu wissen, daß sie darunter gelitten hatte. Aber warum hatten weder sie noch Brassier sich scheiden lassen? Der Kinder wegen? Oder hatte Eveline sich geweigert?

Einiges schien ihm dafür zu sprechen. Sie liebte den Luxus, und das Geld war ihr wichtig. Brassier hatte sie als junge Verkäuferin in dem Geschäft kennengelernt, in dem Célerin und er angefangen hatten, und nach kaum zwei Monaten hatten sie geheiratet.

Mit über vierzig hatte sie wenig Chancen, noch einmal einen Mann zu finden, dem der Erfolg so sicher war. Warum sollte sie sich also scheiden lassen? Und auch Annette hatte die Scheidung nicht verlangt. Hätte er gewußt, daß sie ihn nicht liebte, daß sie einen anderen liebte, er hätte eingewilligt. Er hätte sogar die Schuld auf sich genommen.

Wäre das nicht besser gewesen, als nach zwanzig Jahren plötzlich zu erfahren, wie trügerisch diese Jahre gewesen waren?

Er hatte stets offen mit ihr geredet. Er hatte mehr an sie geglaubt als an irgend jemanden sonst. Er hatte ihr seine geheimsten Gedanken offenbart.

Und sie hatte ihm zugehört. Sie hatte ihm zugesehen, wenn er beim Rasieren Grimassen schnitt. So manches Mal hatte er sich gewundert, daß sie nie von sich selbst sprach.

Aber wieso hätte sie auch zu einem Fremden sprechen sollen? Denn für sie war er ein Fremder gewesen, das war nicht zu bestreiten. Ein Fremder, der das Bett mit ihr teilte und mit dem sie schlief. Ein Fremder, der ihr arglos alles erzählte.

Zweifellos hätte sie ihn manchmal gern zum Schweigen gebracht, aber wie? Sie waren verheiratet. Sie hatten zwei Kinder...

Zwei Kinder... Keines von beiden war achtzehn

Jahre alt. Und dreimal in der Woche ging sie in die Rue Washington ...

Eveline hatte ihrem Mann keine Kinder geschenkt.

Waren Jean-Jacques und Marlène ...

Er begann nervös im Zimmer auf und ab zu gehen. Es fehlte nicht viel, und er hätte sich aus dem Fenster gestürzt.

Noch vor einer halben Stunde hatte er geglaubt, daß wenigstens Jean-Jacques und Marlène ihm blieben ...

Waren sie überhaupt seine Kinder? Und wenn sie es nicht waren, wenn sie die Kinder des anderen waren? ...

Er wagte den Gedanken nicht zu Ende zu denken. Es war entsetzlich.

Er rief nach Nathalie und sah sie verstört an.

»Sagen Sie mir die Wahrheit. Versuchen Sie nicht, mich zu schonen. Jetzt, wo mich dieser Schlag getroffen hat, kann ich auch noch den Rest erfahren.

Sieht Jean-Jacques mir ähnlich?«

»Er hat ein längeres Gesicht als Sie und helleres Haar ...«

»Und graue Augen, nicht wahr? Graublaue, so wie Brassier ...«

»Graublaue Augen haben viele. Man kann auch nicht sagen, daß er Monsieur Brassier ähnlich sieht.«

»Und Marlène?«

»Wenn Sie überhaupt jemandem ähnlich sieht, dann ihrer Mutter, nur daß sie ein ganzes Stück größer wird ... Ich muß ständig ihre Kleider und ihre Bluejeans länger machen ...«

»Von mir hat sie gar nichts ...«

»Das hat nichts zu sagen ... Was haben Sie sich da nur in den Kopf gesetzt?«

»Annette hat öfter mit ihm geschlafen als mit mir ... Da fällt mir etwas ein. Es war nach Jean-Jacques' Geburt, als ich sie einmal im Krankenhaus besucht habe ... Ich dachte natürlich, das Kind sei von mir, und wollte ihm ganz vorsichtig einen Kuß geben. Da hat sie eine Bewegung gemacht, um mich daran zu hindern, und das kam so spontan, daß ich eigentlich damals schon hätte Verdacht schöpfen müssen. Sie hat mir dann erklärt, man sollte ein Neugeborenes möglichst wenig berühren ...«

»Armer Monsieur Célerin ...«

»Armer Kerl, ja ... Können Sie sich vorstellen, wie leer mir jetzt erst recht alles vorkommt?«

Man hörte Musik. Jean-Jacques hatte eine Platte aufgelegt.

»Es gibt keinerlei Beweis dafür, daß Sie sich da nicht etwas einbilden.«

»Aber es gibt auch keinerlei Beweis dafür, daß es nicht stimmt. Hören Sie, Nathalie ... Ich kann nicht mehr ... Ich habe das Gefühl, ich könnte jetzt weiß Gott was anstellen, zum Beispiel Brassier mit eigenen Händen umbringen ... Ich brauche noch nicht einmal einen Revolver ... Diese großen Handwerkerhände hier würden genügen ...«

Dann schrie er:

»Nein! ...«

Und er brach in Tränen aus.

7

Es war sein Golgatha, und es währte fünf Tage.

»Nathalie! Würden Sie mir bitte noch einmal von Ihren Tabletten geben?«

Er hoffte, sich in den Schlaf flüchten, wieder die Bilder seiner Kindheit heraufbeschwören zu können. Doch diesmal hatte er kein Glück. Er sah statt dessen nur Annette vor sich, Annette, die achtzehn Jahre lang Abend für Abend, Nacht für Nacht und Morgen für Morgen Theater spielen mußte.

Den ganzen Vormittag, während Nathalie mit der Hausarbeit beschäftigt war, schlich er in Morgenrock und Hausschuhen durch die Wohnung und fühlte sich völlig kraftlos.

Es war, als lebte er außerhalb von Raum und Zeit. Der Boulevard Beaumarchais erschien ihm wie eine Theaterkulisse, ebenso unwirklich wie die Leute, die, Gott weiß warum, zu ihrem Bus hasteten.

Die Mahlzeiten im Eßzimmer waren eine Qual, denn er wußte, daß die Kinder ihn beobachteten. Jean-Jacques ließ es sich weniger anmerken als seine Schwester, aber er war ernster und unruhiger als sonst, als warte er nur darauf, daß ein neues Unglück geschehen würde.

Célerin war unfähig, zu lachen oder Scherze zu machen. Hin und wieder stellte er den Kindern eine Frage, um die Stille zu durchbrechen, doch wirkliche Gespräche kamen nicht zustande.

»Was macht denn der Vater deiner Freundin – wie heißt sie noch gleich?«

»Hortense ...«

»Weißt du, was ihr Vater macht?«

»Er ist Anwalt, ein großer Anwalt. Hortense ist die Dickste in der Klasse ... Aber du hörst ja gar nicht zu ...«

»Doch, doch ...«

»Also, was hab' ich als letztes gesagt?«

»Anwalt ...«

»Siehst du! Wach auf, Vater, sonst ruf' ich den Arzt ...«

Er hatte keinen Appetit. Er aß fast nichts.

So rasch es ging, zog er sich in sein Zimmer zurück. Am liebsten hätte er den ganzen Tag geschlafen.

Meist saß er in einem Sessel am offenen Fenster, denn es war sehr warm. Das Getriebe und die Geräusche der Straße nahm er nicht wahr. All das fand außerhalb seiner Person statt, außerhalb des Universums, in dem er jetzt lebte.

Nathalie ließ ihn nie lange allein. Sie wußte zwar, daß er keine Waffe besaß, fürchtete aber dennoch, er könnte sich das Leben nehmen, am ehesten, indem er aus dem Fenster sprang. In dem Zustand, in dem er sich befand, war alles möglich.

Er wußte, warum sie immer wieder kurz zu ihm hereinschaute.

»Sie brauchen keine Angst zu haben, Nathalie ... Ich bringe mich nicht um ... Die Gefahr ist vorbei ... Am Anfang hab' ich daran gedacht, aber jetzt schon lange nicht mehr ...«

»Sie sollten sich anziehen und einen Spaziergang mit mir machen ...«

Wie ein Kranker, der überwacht werden mußte.

»Ich hab' keine Lust spazierenzugehen ...«

Unaufhörlich kehrten die gleichen oder annähernd die gleichen Gedanken wieder, als bereite es ihm ein trauriges Vergnügen, sich selbst zu quälen.

Die beiden Ehepaare hatten oft zusammen gegessen. Waren diese Abende nicht eine Qual für die Liebenden gewesen?

Er war überzeugt, daß Eveline alles wußte. Vor ihm aber mußten sie sich in acht nehmen. Sie spielten Theater. Sie vermieden es, sich anzusehen. Er erinnerte sich jetzt, daß Annette Brassier zweimal versehentlich geduzt und sich danach verlegen bei ihm entschuldigt hatte.

»Unter alten Freunden, wissen Sie ...«

Alles war falsch gewesen, nichts hatte gestimmt. Sie hatten ständig in Lüge gelebt.

Er bereute jetzt, daß er Kleider und Wäsche seiner Frau weggegeben hatte, denn ab und zu empfand er das Bedürfnis, ihren Geruch einzuatmen.

Eine Lösung? Es gab keine. Selbst die Werkstatt in der Rue de Sévigné gehörte zum größeren Teil Brassier.

Und was die Kinder betraf ...

Gab es einen Beweis? Konnte man beispielsweise durch eine Blutuntersuchung feststellen, wer ihr Vater war? Er empfand abwechselnd Wut und Resignation. Er hatte die Kinder großgezogen, sie allabendlich zu Bett gebracht. Und er war es, der sonntags mit ihnen spazierengegangen war, als sie noch klein waren.

Was spielte es für eine Rolle, wer ihr Vater war? Sie waren jetzt seine Kinder, und Brassier hatte kein Recht, sie ihm wegzunehmen.

Er mußte Ordnung in seine Gedanken bringen. Wem hatte Annette gehört? Nicht ihm. Die ersten beiden Jahre hatte sie jedoch versucht, ihn zu lieben, dessen war er sich sicher.

Wenn sie miteinander schliefen, hatte sie sich sichtlich bemüht, es ihm recht zu machen, doch sie war zu ehrlich, um sich zu verstellen. Sie war matt in die Kissen zurückgesunken, und manchmal hatte sie dann geweint.

»Du hättest mich nicht heiraten sollen. Wahrscheinlich bin ich frigide. Das hab' ich nicht gewußt...«

»Das kommt schon noch... Du darfst dich nicht verkrampfen... Eines Tages wirst du überrascht sein...«

Und zweifellos war sie überrascht gewesen über das, was ihr widerfuhr – in den Armen Brassiers.

Wie sehr mußten die beiden während der Ferien gelitten haben! Sie waren voneinander getrennt und konnten sich nicht einmal schreiben. Und Célerin entsann sich, wie er mit seiner Frau am Strand von Riva-Bella in den Liegestühlen gelegen hatte.

Er war glücklich gewesen, glücklich wie ein Kind. Er hatte sich für den glücklichsten Menschen der Welt gehalten.

Sein Verhältnis zu Brassier war immer enger geworden, und als sie sich zusammen selbständig machten, sahen sie sich fast täglich. Und auch die beiden Ehepaare trafen sich häufig.

»Wie geht's Eveline?«

»Wie immer. In letzter Zeit hat sie angefangen, halbwegs ernsthafte Bücher zu lesen, aber sie wird bestimmt bald zu ihren Zeitschriften zurückkehren ... Und Annette?«

»Sie ist ständig bei ihren alten Leutchen ... Sie merkt kaum, daß sie selbst zwei Kinder hat ...«

Er ballte die Fäuste. Genauso war es gewesen. Genau diese Worte waren ausgesprochen worden, diese und viele andere.

Und jetzt ...

Nichts mehr. Die Zukunft war wie zugemauert. Daven rief an, um zu hören, wie es ihm ging.

»Na, wie steht's? Wir machen uns Sorgen ...«

»Es wird allmählich besser ...«

Das Schlimmste hatte er zumindest überstanden.

»Ich hab' die Brosche für Madame Papin fertiggemacht ...«

»Welche Brosche?«

»Die Fassung für den Smaragd, den sie kürzlich gebracht hat ... Nach dem Entwurf, den du so schnell gezeichnet hast ...«

Da war er betrunken gewesen. Manchmal hatte er Lust, sich erneut zu betrinken, aber er wußte nicht, was er dann anstellen würde, und das machte ihm angst.

»Das Nest aus Golddraht und Goldplättchen ... Eine Heidenarbeit war das, ich hab' bis in die Nacht daran gesessen ... Sie will die Brosche heute abend auf einer großen Gesellschaft tragen ... Soll ich vorbeikommen und sie dir zeigen?«

»Nein.«

»Interessiert es dich nicht?«

»Nein.«

Und als wollte er sich noch mehr quälen, fügte er bitter hinzu:

»Zeig sie Brassier...«

Jeden Morgen raffte er sich um der Kinder willen auf und rasierte sich. Zumindest für eines der Kinder tat er es, denn Jean-Jacques war mit seinem Freund bereits in die Ferien gefahren. Mit seinem Rucksack auf dem Rükken und den Kleidern, die er trug, hatte er wie ein Pfadfinder ausgesehen.

»Wir sehen uns dann in Porquerolles«, hatte er versprochen.

Auch Marlène packte ihre Koffer.

»Darf ich mir einen Safarianzug kaufen?«

»Was ist denn das?«

»Eine Jacke mit vielen Taschen und dazu passende Hosen, alles aus leichtem Gabardine...«

Sie wollte ihre Freundin Hortense an der Place des Vosges abholen.

Sie umarmte ihren Vater zärtlich.

»Sieh zu, daß es wieder aufwärts geht mit dir, Väterchen... So wie jetzt kannst du nicht weitermachen...«

Er lächelte matt.

»Ich werd' mein Bestes tun, das versprech' ich dir.«

»Und in zwei Wochen in Porquerolles treffe ich dann einen Vater, der wieder lebt... Weißt du, was du machen solltest?«

»Nein.«

»Du solltest Nathalie mitnehmen. Dann könnte sie auch mal Ferien machen. Es ist sowieso nicht sehr nett, sie hier allein in der Wohnung zu lassen... Darf ich es ihr sagen?«

Man gab ihm einen Krankenwärter mit.

»Nathalie, kannst du mal eben kommen? Ich hab' eine gute Nachricht für dich... Vater hat beschlossen, dich nach Porquerolles mitzunehmen...«

»Er will mich wohl unbedingt loswerden?« scherzte sie. »Im Wasser geh' ich unter wie ein Stein.«

»Sagst du mir noch, in welchem Hotel du wohnst, Vater, damit ich nicht den ganzen Ort nach dir absuchen muß?«

»Im ›Hôtel des Iles-d'Or‹. Ich werde dort anrufen und noch ein Zimmer reservieren.«

»Fährst du mit dem Auto?«

»Ich weiß noch nicht...«

Dann war auch sie fort. Nur Nathalie und er waren noch in der zu großen Wohnung.

»Macht es Ihnen etwas aus, mit mir nach Porquerolles zu fahren?«

»Aber nein, im Gegenteil. Ich wette, das war Marlènes Idee.«

»Ja... Ich glaube, sie hat Angst, mich dort zwei Wochen allein zu lassen...«

Zeitweise wirkte er ganz normal, dann wieder schien er plötzlich in Trübsinn zu versinken.

Eines Morgens rasierte er sich wie gewöhnlich, badete, schlüpfte in seinen Morgenrock und ging ins Wohnzimmer hinüber. Er nahm den Telefonhörer ab und wählte die Nummer der Werkstatt.

»Guten Morgen, Madame Coutance...«

»Sie hören sich besser an heute...«

»Sagen Sie, ist Brassier da?«

»Er ist gerade gekommen...«

»Rufen Sie ihn ans Telefon? ...«

Er war angespannt, aber man sah es ihm nicht an, und Nathalie, die einen Blick durch den Türspalt warf, fand, daß er sehr viel besser aussah als in den Tagen zuvor.

»Hallo! ...«

»Hier Célerin.«

»Brassier.«

»Ich muß mit Ihnen reden ...«

Er sagte unwillkürlich ›Sie‹, obwohl er Brassier seit Jahren duzte.

»Wann?«

»So bald wie möglich.«

»Wollen Sie in die Werkstatt kommen?«

»Nein.«

»Oder zu mir?«

»Auch nicht.«

»Und wie ist es bei Ihnen?«

»Können wir uns in einem Bistro in der Nähe treffen?«

»Da ist es zu voll. Wie wär's in einem großen Hotel, in der Halle?«

Das war typisch Brassier. Célerin aber sah sich nicht in der Halle des ›George-v‹ oder des ›Crillon‹.

»An der Ecke Place des Vosges, Rue du Pas-de-la-Mule ist ein kleines Bistro ...«

»Ja, gut ...«

»Am frühen Nachmittag sitzt dort kaum jemand im Freien ... Sagen wir um zwei ...«

»In Ordnung, ich komme ...«

Célerin legte auf und sah starr vor sich hin.

8

»Schon komisch, wenn keines der Kinder mit am Tisch sitzt...«

Sie aßen allein, Nathalie und er, und Nathalies Blick glitt immer wieder zu den leeren Plätzen hin. Drei Plätze waren leer, einer davon für immer. Sie hatte feuchte Augen.

»Was werden Sie ihm sagen?«

»Ich weiß es nicht.«

Er zog sich an wie für die Arbeit. Brassier würde wie üblich wie aus dem Ei gepellt erscheinen und zweifellos in seinem roten Jaguar vorfahren, den er sich kürzlich angeschafft hatte.

Célerin war zuerst da, und wie erwartet waren die Tische im Freien leer. Selbst an der Bar standen um diese Zeit nur wenige Gäste.

»Was darf ich Ihnen bringen?«

»Ein Mineralwasser...«

Sein Herz klopfte so wild, daß er die Hand darauf legte, als wollte er es beruhigen. Nach wenigen Augenblicken hielt ein roter Wagen am Straßenrand, und Brassier stieg aus, kam auf ihn zu und streckte ihm die Hand entgegen.

»Nein.«

Célerin blickte ihn unverwandt an, wie um zu sehen, ob sich etwas an ihm verändert hatte. Und er war wirklich nicht mehr ganz derselbe. Seine Selbstsicherheit war verschwunden, und er wich Célerins Blick aus.

»Einen Kognak«, sagte er, als der Kellner erschien.

Dann rief er ihn noch einmal zurück:

»Einen doppelten ...«

Beide schwiegen. Der Kellner brachte den Kognak und ging wieder hinein. Brassier trank sein Glas halb leer, wischte sich den Mund ab und sagte dann mit leiser, dumpfer Stimme:

»Es ist nicht so, wie du denkst ...«

»Und was glaubst du, was ich denke?«

Automatisch duzte er ihn wieder.

»Daß ich ein Dreckskerl bin ...«

Célerin schwieg.

»Ich weiß nicht, was du an meiner Stelle getan hättest. Hätte ich nicht zwei Jahre zu früh geheiratet, wäre Annette meine Frau geworden ...«

»Aber du hast sie nicht geheiratet ...«

»Meine Frau hat die Scheidung verweigert, und die ganzen achtzehn Jahre hat sie darauf geachtet, sich nicht das geringste zuschulden kommen zu lassen ...«

»Also habt ihr euch heimlich getroffen, du und Annette ... Du hast eine Wohnung gemietet, du hast sie eingerichtet, du –«

Célerin konnte kaum sprechen.

»Ich habe getan, was ich konnte, um sie glücklich zu machen.«

»Weil sie dich geliebt hat.«

»Ja. Ihr wäre es auch lieber gewesen, wir hätten uns beide scheiden lassen. Es war nicht einfach nur ein Abenteuer, ein ganz gewöhnlicher Ehebruch ...«

»Dann hätte es wohl auch kaum achtzehn Jahre gedauert …«

»Ich habe genauso gelitten wie du, als sie starb, nur durfte ich es nicht zeigen …«

»Du warst der erste, der eine Blume ins Grab geworfen hat …«

»Ja, ganz instinktiv … Eine rote Rose … Ihre Lieblingsblume … In der Wohnung waren immer welche.«

»Bei uns nicht …«

Brassier sah ihm gerade in die Augen, und in seinem Blick lag etwas Unterwürfiges.

»Was wirst du jetzt tun?« fragte er.

»Was wirst du tun?«

»Weiter zusammenarbeiten können wir wohl nicht, oder?«

»Auf keinen Fall.«

Célerin rang nach Atem. Sehnsüchtig sah er auf Brassiers Kognakglas.

»Du hast die Werkstatt zu dem gemacht, was sie ist … Also bekommst du sie …«

»Und du?«

»Ich werde schon Angebote bekommen, sobald sich herumspricht, daß ich frei bin …«

Das Schlimmste lag noch vor ihnen, und Célerin zögerte, es anzusprechen.

»Was ist mit den Kindern? …«

»Ich weiß es nicht … Annette wußte es auch nicht … Wir haben die gleiche Blutgruppe …«

»Woher weißt du das?«

»Annette hat in deinen Papieren nachgesehen … Du hast Gruppe AB, und ich auch …«

»Aber du hast öfter mit ihr geschlafen als ich ...«

»Möglich, aber das hat nichts zu sagen ...«

»Die Kinder bleiben bei mir«, sagte Célerin entschieden.

»Wegnehmen kann ich sie dir sowieso nicht ... Offiziell sind es ja deine Kinder ... Das würde Eveline auch gar nicht wollen ...«

Zum ersten Mal, seit er ihn kannte, sah Célerin Tränen in Brassiers Augen.

»Herr Ober!« rief Brassier. »Noch einen doppelten Kognak.«

Und dann:

»Ich bin nicht als Feind gekommen, Georges ... Ich wollte schon lange mit dir reden ...«

»Hättest du mir die Wahrheit gesagt?«

»Ja. Ich weiß, daß ich dir damit weh getan hätte, aber ich dachte, es wäre besser, reinen Tisch zu machen ... Wenn ich bei dir zum Essen eingeladen war und Jean-Jacques und Marlène sah ...«

Er mußte sich abwenden, und Célerin wartete, bis er sich wieder gefaßt hatte.

»Wo sind sie zur Zeit?«

»Jean-Jacques hat ein glänzendes Abitur gemacht und wandert jetzt mit einem Freund durch Frankreich ...«

»Und Marlène?«

»Sie ist für zwei Wochen bei einer Freundin in Les Sables-d'Olonne und kommt dann zu mir nach Porquerolles ...«

»Darf ich die Kinder irgendwann wiedersehen?«

»Wenn du ihnen nichts von der Vergangenheit erzählst ...«

»Das könnte ich ihnen nie antun... Was will Jean-Jacques einmal werden?«

»Im September geht er nach Cambridge und macht dort einen Englischkurs...«

»Und danach?«

»Das weiß er noch nicht. Er will sich Zeit lassen mit der Entscheidung. Er ist ein ernster Junge, fast zu ernst... Psychologie interessiert ihn, und Soziologie, aber das will er in Amerika studieren...«

Ein langes Schweigen trat ein, und Célerin sah zu den Arkaden hinüber, die den sonnenbeschienenen, von Kinderlärm erfüllten Platz säumten. Die Häuser sahen alle gleich aus. Sie waren in reinem Louis-treize-Stil erbaut und bildeten ein geschlossenes Viereck. Als Jean-Jacques noch ganz klein gewesen war, hatten Célerin und Annette ihn hier im Kinderwagen spazierengefahren. Später hatten sie das gleiche mit Marlène getan, und meist war Célerin es gewesen, der den Wagen geschoben hatte. Es war ein strahlender Tag, einer jener Tage, an die die Liebespaare sich ihr Leben lang erinnern. Zwei von ihnen saßen ein paar Tische weiter, hielten einander an den Händen und sahen sich tief in die Augen.

Brassier ergriff als erster wieder das Wort.

»Heute morgen war ich zum letzten Mal in der Rue de Sévigné...«

Célerin sagte nichts. Er blickte noch immer über die Place des Vosges und beobachtete einen Jungen, der einen Reifen vor sich herrollte, ein Spielzeug, das man nur noch selten sah.

»Mein Anwalt wird die nötigen Papiere ausarbeiten...«

»Ich will dir deine Kapitaleinlage zurückzahlen ...«

»Die ist schon zehnmal wieder hereingekommen ...«

»Ich will aber ...«

»Mein Anwalt wird dir schreiben, Maître Lefort in der Avenue de Courcelles ... Die Kinder können nicht offiziell erwähnt werden, aber ich werde dir einen Brief schicken, in dem ...«

»Nein.«

»Warum nicht?«

»Solche Dinge kann man nicht aufschreiben ... Und bei mir zu Hause gibt es keine verschließbaren Fächer ...«

»Herr Ober!«

»Ich wollte, daß wir uns treffen, also bezahle ich auch ...«

Sie waren befangen, einer wie der andere. Keiner wollte als erster aufstehen.

Schließlich hielt Célerin es nicht mehr aus.

»Adieu ...«, stammelte er, ohne Brassier dabei anzusehen.

Und Brassier sagte:

»Adieu, Georges ...«

Célerin tauchte in den Schatten der Rue du Pas-de-la-Mule. Er hörte noch, wie der Jaguar ansprang.

Epalinges (Waadt), 11. Oktober 1971

Bitte beachten Sie auch
die folgenden Seiten

Georges Simenon im Diogenes Verlag

● Romane

Brief an meinen Richter
Roman. Aus dem Französischen von Hansjürgen Wille und Barbara Klau. detebe 20371

Der Schnee war schmutzig
Roman. Deutsch von Willi A. Koch
detebe 20372

Die grünen Fensterläden
Roman. Deutsch von Alfred Günther
detebe 20373

Im Falle eines Unfalls
Roman. Deutsch von Hansjürgen Wille und Barbara Klau. detebe 20374

Sonntag
Roman. Deutsch von Hansjürgen Wille und Barbara Klau. detebe 20375

Bellas Tod
Roman. Deutsch von Elisabeth Serelmann-Küchler. detebe 20376

Der Mann mit dem kleinen Hund
Roman. Deutsch von Stefanie Weiss
detebe 20377

Drei Zimmer in Manhattan
Roman. Deutsch von Linde Birk
detebe 20378

Die Großmutter
Roman. Deutsch von Linde Birk
detebe 20379

Der kleine Mann von Archangelsk
Roman. Deutsch von Alfred Kuoni
detebe 20584

Der große Bob
Roman. Deutsch von Linde Birk
detebe 20585

Die Wahrheit über Bébé Donge
Roman. Deutsch von Renate Nickel
detebe 20586

Tropenkoller
Roman. Deutsch von Annerose Melter
detebe 20673

Ankunft Allerheiligen
Roman. Deutsch von Eugen Helmlé
detebe 20674

Der Präsident
Roman. Deutsch von Renate Nickel
detebe 20675

Der kleine Heilige
Roman. Deutsch von Trude Fein
detebe 20676

Der Outlaw
Roman. Deutsch von Liselotte Julius
detebe 20677

Die Glocken von Bicêtre
Roman. Neu übersetzt von Angela von Hagen. detebe 20678

Der Verdächtige
Roman. Deutsch von Eugen Helmlé
detebe 20679

Die Verlobung des Monsieur Hire
Roman. Deutsch von Linde Birk
detebe 20681

Der Mörder
Roman. Deutsch von Lothar Baier
detebe 20682

Die Zeugen
Roman. Deutsch von Anneliese Botond
detebe 20683

Die Komplizen
Roman. Deutsch von Stefanie Weiss
detebe 20684

Der Ausbrecher
Roman. Deutsch von Erika Tophoven-Schöningh. detebe 20686

Wellenschlag
Roman. Deutsch von Eugen Helmlé
detebe 20687

Der Mann aus London
Roman. Deutsch von Stefanie Weiss
detebe 20813

Die Überlebenden der Télémaque
Roman. Deutsch von Hainer Kober
detebe 20814

Der Mann, der den Zügen nachsah
Roman. Deutsch von Walter Schürenberg
detebe 20815

Zum Weißen Roß
Roman. Deutsch von Trude Fein
detebe 20986

Der Tod des Auguste Mature
Roman. Deutsch von Anneliese Botond
detebe 20987

Die Fantome des Hutmachers
Roman. Deutsch von Eugen Helmlé
detebe 21001

Die Witwe Couderc
Roman. Deutsch von Hanns Grössel
detebe 21002

Schlußlichter
Roman. Deutsch von Stefanie Weiss
detebe 21010

Die schwarze Kugel
Roman. Deutsch von Renate Nickel
detebe 21011

Die Brüder Rico
Roman. Deutsch von Angela von Hagen
detebe 21020

Antoine und Julie
Roman. Deutsch von Eugen Helmlé
detebe 21047

Betty
Roman. Deutsch von Raymond Regh
detebe 21057

Die Tür
Roman. Deutsch von Linde Birk
detebe 21114

Der Neger
Roman. Deutsch von Linde Birk
detebe 21118

Das blaue Zimmer
Roman. Deutsch von Angela von Hagen
detebe 21121

Es gibt noch Haselnußsträucher
Roman. Deutsch von Angela von Hagen
detebe 21192

Der Bürgermeister von Furnes
Roman. Deutsch von Hanns Grössel
detebe 21209

Der Untermieter
Roman. Deutsch von Ralph Eue
detebe 21255

Das Testament Donadieu
Roman. Deutsch von Eugen Helmlé
detebe 21256

Die Leute gegenüber
Roman. Deutsch von Hans-Joachim Hartstein. detebe 21273

Weder ein noch aus
Roman. Deutsch von Elfriede Riegler
detebe 21304

Auf großer Fahrt
Roman. Deutsch von Angela von Hagen
detebe 21327

Der Bericht des Polizisten
Roman. Deutsch von Markus Jakob
detebe 21328

Die Zeit mit Anaïs
Roman. Deutsch von Ursula Vogel
detebe 21329

Der Passagier der Polarlys
Roman. Deutsch von Stefanie Weiss
detebe 21377

Die Katze
Roman. Deutsch von Angela von Hagen
detebe 21378

Die Schwarze von Panama
Roman. Deutsch von Ursula Vogel
detebe 21424

Das Gasthaus im Elsaß
Roman. Deutsch von Angela von Hagen
detebe 21425

Das Haus am Kanal
Roman. Deutsch von Ursula Vogel
detebe 21426

Der Zug
Roman. Deutsch von Trude Fein. detebe 21480

Striptease
Roman. Deutsch von Angela von Hagen
detebe 21481

45° im Schatten
Roman. Deutsch von Angela von Hagen
detebe 21482

Die Eisentreppe
Roman. Deutsch von Angela von Hagen
detebe 21557

Das Fenster der Rouets
Roman. Deutsch von Stefanie Weiss
detebe 21558

Die bösen Schwestern von Concarneau
Roman. Deutsch von Ingrid Altrichter
detebe 21559

Der Sohn Cardinaud
Roman. Deutsch von Linde Birk
detebe 21598

Der Zug aus Venedig
Roman. Deutsch von Liselotte Julius
detebe 21617

Weißer Mann mit Brille
Roman. Deutsch von Ursula Vogel
detebe 21635

Der Bananentourist
Roman. Deutsch von Barbara Heller
detebe 21679

Monsieur La Souris
Roman. Deutsch von Renate Heimbucher-Bengs. detebe 21681

Der Teddybär
Roman. Deutsch von Ingrid Altrichter
detebe 21682

Die Marie vom Hafen
Roman. Deutsch von Ursula Vogel
detebe 21683

Der reiche Mann
Roman. Deutsch von Stefanie Weiss
detebe 21753

»... die da dürstet«
Roman. Deutsch von Irène Kuhn
detebe 21773

Vor Gericht
Roman. Deutsch von Linde Birk. detebe 21786

Der Umzug
Roman. Deutsch von Barbara Heller
detebe 21797

Der fremde Vetter
Roman. Deutsch von Stefanie Weiss
detebe 21798

Das Begräbnis des Monsieur Bouvet
Roman. Deutsch von H.J. Solbrig
detebe 21799

Die schielende Marie
Roman. Deutsch von Eugen Helmlé
detebe 21800

Die Pitards
Roman. Deutsch von Ingrid Altrichter
detebe 21857

Das Gefängnis
Roman. Deutsch von Michael Mosblech
detebe 21858

Malétras zieht Bilanz
Roman. Deutsch von Irmgard Perfahl
detebe 21893

Das Haus am Quai Notre-Dame
Roman. Deutsch von Eugen Helmlé
detebe 21894

Der Neue
Roman. Deutsch von Ingrid Altrichter
detebe 21895

Die Erbschleicher
Roman. Deutsch von Renate Heimbucher-Bengs. detebe 21938

Die Selbstmörder
Roman. Deutsch von Linde Birk. detebe 21939

Tante Jeanne
Roman. Deutsch von Inge Giese. detebe 21940

Der Rückfall
Roman. Deutsch von Ursula Vogel
detebe 21941

Am Maultierpaß
Roman. Deutsch von Michael Mosblech
detebe 21942

Der Glaskäfig
Roman. Deutsch von Stefanie Weiss
detebe 22403

Das Schicksal der Malous
Roman. Deutsch von Günter Seib
detebe 22404

Der Uhrmacher von Everton
Roman. Deutsch von Ursula Vogel
detebe 22405

Das zweite Leben
Roman. Deutsch von Ingrid Altrichter
detebe 22406

Der Erpresser
Roman. Deutsch von Linde Birk
detebe 22407

Die Flucht des Monsieur Monde
Roman. Deutsch von Barbara Heller
detebe 22408

Der ältere Bruder
Roman. Deutsch von Ingrid Altrichter
detebe 22454

Doktor Bergelon
Roman. Deutsch von Günter Seib
detebe 22455

Die letzten Tage eines armen Mannes
Roman. Deutsch von Michael Mosblech
detebe 22456

Sackgasse
Roman. Deutsch von Stefanie Weiss und Richard K. Flesch. detebe 22457

Die Flucht der Flamen
Roman. Deutsch von Barbara Heller
detebe 22458

Die verschwundene Tochter
Roman. Deutsch von Renate Heimbucher
detebe 22459

Fremd im eigenen Haus
Roman. Deutsch von Gerda Scheffel
detebe 22473

Das Haus der sieben Mädchen
Roman. Deutsch von Helmut Kossodo
detebe 22501

Der Amateur
Roman. Deutsch von Helmut Kossodo
detebe 22502

Das Unheil
Roman. Deutsch von Josef Winiger
detebe 22503

Die verlorene Stute
Roman. Deutsch von Helmut Kossodo
detebe 22504

Der Witwer
Roman. Deutsch von Linde Birk
detebe 22505

Der Stammgast
Roman. Deutsch von Josef Winiger
detebe 22506

Die Beichte
Roman. Deutsch von Michael Mosblech
detebe 22554

Hochzeit in Poitiers
Roman. Deutsch von Ingrid Altrichter
detebe 22555

Der Schwager
Roman. Deutsch von Renate Heimbucher
detebe 22556

Schwarzer Regen
Roman. Deutsch von Stefanie Weiss und Richard K. Flesch. detebe 22557

Das ungesühnte Verbrechen
Roman. Deutsch von Renate Heimbucher
detebe 22558

Sieben Kreuzchen in einem Notizbuch
Zwei Weihnachtsgeschichten. Deutsch von Michael Mosblech. detebe 22559

Manuela
Roman. Deutsch von Linde Birk. detebe 22608

Die Ferien des Monsieur Mahé
Roman. Deutsch von Günter Seib
detebe 22609

Der verlorene Sohn
Roman. Deutsch von Angela Glas
detebe 22610

● Maigret-Romane und -Erzählungen

Weihnachten mit Maigret
Zwei Romane und eine Erzählung: Maigret und der Weinhändler / Weihnachten mit Maigret / Maigret hat Skrupel. Deutsch von Hainer Kober, Hans-Joachim Hartstein und Ingrid Altrichter. Leinen

Maigrets erste Untersuchung
Roman. Deutsch von Roswitha Plancherel
detebe 20501

Maigret und Pietr der Lette
Roman. Deutsch von Wolfram Schäfer
detebe 20502

Maigret und die alte Dame
Roman. Deutsch von Renate Nickel
detebe 20503

Maigret und der Mann auf der Bank
Roman. Deutsch von Annerose Melter
detebe 20504

Maigret und der Minister
Roman. Deutsch von Annerose Melter
detebe 20505

Mein Freund Maigret
Roman. Deutsch von Annerose Melter
detebe 20506

Maigrets Memoiren
Roman. Deutsch von Roswitha Plancherel
detebe 20507

Maigret und die junge Tote
Roman. Deutsch von Raymond Regh
detebe 20508

Maigret amüsiert sich
Roman. Deutsch von Renate Nickel
detebe 20509

Hier irrt Maigret
Roman. Deutsch von Elfriede Riegler
detebe 20690

Maigret und der gelbe Hund
Roman. Deutsch von Raymond Regh
detebe 20691

Maigret vor dem Schwurgericht
Roman. Deutsch von Wolfram Schäfer
detebe 20692

Maigret als möblierter Herr
Roman. Deutsch von Wolfram Schäfer
detebe 20693

Madame Maigrets Freundin
Roman. Deutsch von Roswitha Plancherel
detebe 20713

Maigret kämpft um den Kopf eines Mannes
Roman. Deutsch von Roswitha Plancherel
detebe 20714

Maigret und die kopflose Leiche
Roman. Deutsch von Wolfram Schäfer
detebe 20715

Maigret und die widerspenstigen Zeugen
Roman. Deutsch von Wolfram Schäfer
detebe 20716

Maigret am Treffen der Neufundlandfahrer
Roman. Deutsch von Annerose Melter
detebe 20717

Maigret bei den Flamen
Roman. Deutsch von Claus Sprick
detebe 20718

Maigret und das Schattenspiel
Roman. Deutsch von Claus Sprick
detebe 20734

Maigret und die Keller des Majestic
Roman. Deutsch von Linde Birk
detebe 20735

Maigret contra Picpus
Roman. Deutsch von Hainer Kober
detebe 20736

Maigret läßt sich Zeit
Roman. Deutsch von Sibylle Powell
detebe 20755

Maigrets Geständnis
Roman. Deutsch von Roswitha Plancherel
detebe 20756

Maigret zögert
Roman. Deutsch von Annerose Melter
detebe 20757

Maigret und die Bohnenstange
Roman. Deutsch von Guy Montag
detebe 20808

Maigret und das Verbrechen in Holland
Roman. Deutsch von Renate Nickel
detebe 20809

Maigret und sein Toter
Roman. Deutsch von Elfriede Riegler
detebe 20810

Maigret, Lognon und die Gangster
Roman. Deutsch von Wolfram Schäfer
detebe 20812

Maigret und der Gehängte von Saint-Pholien
Roman. Deutsch von Sibylle Powell
detebe 20816

Maigret und der verstorbene Monsieur Gallet
Roman. Deutsch von Roswitha Plancherel
detebe 20817

Maigret und der Treidler der ›Providence‹
Roman. Deutsch von Claus Sprick
detebe 21029

Maigrets Nacht an der Kreuzung
Roman. Deutsch von Annerose Melter
detebe 21050

Maigret hat Angst
Roman. Deutsch von Elfriede Riegler
detebe 21062

Maigret gerät in Wut
Roman. Deutsch von Wolfram Schäfer
detebe 21113

Maigret verteidigt sich
Roman. Deutsch von Wolfram Schäfer
detebe 21117

Maigret erlebt eine Niederlage
Roman. Deutsch von Elfriede Riegler
detebe 21120

Maigret und der geheimnisvolle Kapitän
Roman. Deutsch von Annerose Melter
detebe 21180

Maigret und die alten Leute
Roman. Deutsch von Annerose Melter
detebe 21200

Maigret und das Dienstmädchen
Roman. Deutsch von Hainer Kober
detebe 21220

Maigret im Haus des Richters
Roman. Deutsch von Liselotte Julius
detebe 21238

Maigret und der Fall Nahour
Roman. Deutsch von Sibylle Powell
detebe 21250

Maigret und der Samstagsklient
Roman. Deutsch von Angelika Hildebrandt-Essig. detebe 21295

Maigret in New York
Roman. Deutsch von Bernhard Jolles
detebe 21308

Sechs neue Fälle für Maigret
Erzählungen. Deutsch von Elfriede Riegler
detebe 21375

Maigret in der Liberty Bar
Roman. Deutsch von Angela von Hagen
detebe 21376

Maigret und der Spion
Roman. Deutsch von Hainer Kober
detebe 21427

Maigret und die kleine Landkneipe
Roman. Deutsch von Bernhard Jolles und Heide Bideau. detebe 21428

Maigret und der Verrückte von Bergerac
Roman. Deutsch von Hainer Kober
detebe 21429

Maigret, die Tänzerin und die Gräfin
Roman. Deutsch von Hainer Kober
detebe 21484

Maigret macht Ferien
Roman. Deutsch von Markus Jakob
detebe 21485

Maigret und der hartnäckigste Gast der Welt
Sechs Fälle für Maigret. Deutsch von Linde Birk und Ingrid Altrichter. detebe 21486

Maigret verliert eine Verehrerin
Roman. Deutsch von Ingrid Altrichter
detebe 21521

Maigret in Nöten
Roman. Deutsch von Markus Jakob
detebe 21522

Maigret und sein Rivale
Roman. Deutsch von Ingrid Altrichter
detebe 21523

Maigret und die schrecklichen Kinder
Roman. Deutsch von Paul Celan
detebe 21574

Maigret und sein Jugendfreund
Roman. Deutsch von Markus Jakob
detebe 21575

Maigret und sein Revolver
Roman. Deutsch von Ingrid Altrichter
detebe 21576

Maigret auf Reisen
Roman. Deutsch von Ingrid Altrichter
detebe 21593

Maigret und die braven Leute
Roman. Deutsch von Ingrid Altrichter
detebe 21615

Maigret und der faule Dieb
Roman. Deutsch von Stefanie Weiss
detebe 21629

Maigret und die verrückte Witwe
Roman. Deutsch von Michael Mosblech
detebe 21680

Maigret und sein Neffe
Roman. Deutsch von Ingrid Altrichter
detebe 21684

Maigret und Stan der Killer
Vier Fälle für Maigret. Deutsch von Inge Giese und Eva Schönfeld. detebe 21741

Maigret und das Gespenst
Roman. Deutsch von Barbara Heller
detebe 21760

Maigret in Kur
Roman. Deutsch von Irène Kuhn
detebe 21770

Madame Maigrets Liebhaber
Vier Fälle für Maigret. Deutsch von Ingrid Altrichter, Inge Giese und Josef Winiger
detebe 21791

Maigret und der Clochard
Roman. Deutsch von Josef Winiger
detebe 21801

Maigret und Monsieur Charles
Roman. Deutsch von Renate Heimbucher-Bengs. detebe 21802

Maigret und der Spitzel
Roman. Deutsch von Inge Giese. detebe 21803

Maigret und der einsame Mann
Roman. Deutsch von Ursula Vogel
detebe 21804

Maigret und der Messerstecher
Roman. Deutsch von Josef Winiger
detebe 21805

Maigret hat Skrupel
Roman. Deutsch von Ingrid Altrichter
detebe 21806

Maigret in Künstlerkreisen
Roman. Deutsch von Ursula Vogel
detebe 21871

Maigret und der Weinhändler
Roman. Deutsch von Hainer Kober
detebe 21872

Maigret in Arizona
Roman. Deutsch von Wolfram Schäfer
detebe 22474

● Erzählungen

Der kleine Doktor
Erzählungen. Deutsch von Hansjürgen Wille und Barbara Klau. detebe 21025

Emil und sein Schiff
Erzählungen. Deutsch von Angela von Hagen. detebe 21318

Die schwanzlosen Schweinchen
Erzählungen. Deutsch von Linde Birk
detebe 21284

Exotische Novellen
Deutsch von Annerose Melter. detebe 21285

Meistererzählungen
Deutsch von Wolfram Schäfer u.a.
detebe 21620

Die beiden Alten in Cherbourg
Erzählungen. Deutsch von Inge Giese und Reinhard Tiffert. detebe 21943

● Reportagen

Die Pfeife Kleopatras
Reportagen aus aller Welt. Deutsch von Guy Montag. detebe 21223

Zahltag in einer Bank
Reportagen aus Frankreich. Deutsch von Guy Montag. detebe 21224

Biographisches

Intime Memoiren und Das Buch von Marie-Jo
Aus dem Französischen von Hans-Joachim Hartstein, Claus Sprick, Guy Montag und Linde Birk. detebe 21216

Stammbaum
Pedigree. Autobiographischer Roman
Deutsch von Hans-Joachim Hartstein
detebe 21217

Simenon auf der Couch
Fünf Ärzte verhören den Autor sieben Stunden lang. Deutsch von Irène Kuhn
Mit einer Bibliographie und Filmographie und 43 Abbildungen. detebe 21658

Außerdem liegen vor:

Stanley G. Eskin
Simenon
Eine Biographie. Mit zahlreichen bisher unveröffentlichten Fotos, Lebenschronik, Bibliographie, ausführlicher Filmographie, Anmerkungen, Namen- und Werkregister. Aus dem Amerikanischen von Michael Mosblech
Leinen

Über Simenon
Zeugnisse und Essays von Patricia Highsmith bis Alfred Andersch. Mit einem Interview, mit Chronik und Bibliographie. Herausgegeben von Claudia Schmölders und Christian Strich. detebe 20499

Stanley G. Eskin
Simenon
Eine Biographie
Aus dem Amerikanischen
von Michael Mosblech

Stanley G. Eskins Biographie stützt sich auf Gespräche mit Simenon, mit Verwandten, Freunden, Verlegern des Autors sowie auf das riesige, erst bruchstückhaft erschlossene Material des Simenon-Archivs in Lüttich.

»Eskin erzählt so anschaulich, als habe er von dem Gegenstand seiner Studien die einfache, farbige, spannende Erzählweise gelernt.«
Frankfurter Allgemeine Zeitung

»Mit dem Index, den zahlreichen Anmerkungen, der vollständigen Bibliographie der Werke und der Verfilmungen wird dieser Band sicher die große umfassende Biographie des Schriftstellers werden. Eskin hält auch mit persönlichen Urteilen nicht zurück; sein Buch verdient daher Aufmerksamkeit und Hochachtung.«
Die Welt, Bonn

»Ich konnte nie glauben, daß Simenon wirklich existiert. Seine ungeheure Produktion, mein immer neues Staunen über die Vollkommenheit seiner Erzählungen, die psychologische Genauigkeit seiner unendlich vielen Figuren, die Eindrücklichkeit der Landschaftsbeschreibungen vermittelten mir stets das Bild eines hinreißenden Schriftstellers, das aber so ungreifbar und unbestimmt blieb wie etwa das Bild des Frühlings, des Meeres, das Bild von Weihnachten – Bilder, die man mit Vergnügen und unbewußtem Wohlbehagen in sich aufnimmt und erlebt, ohne daß sie imstande wären, die Begriffe in ihrer Dinghaftigkeit und Identität vollständig zu verkörpern.« *Federico Fellini*

»Mit Sicherheit das umfassendste Werk, das je über mich geschrieben wurde.« *Georges Simenon*

Magdalen Nabb im Diogenes Verlag

Tod im Frühling

Roman. Aus dem Englischen von
Matthias Müller. Mit einem Vorwort
von Georges Simenon

Schnee im März – in Florenz etwas so Ungewöhnliches, daß niemand bemerkt, wie zwei ausländische Mädchen mit vorgehaltener Pistole aus der Stadt entführt werden. Eine davon wird fast sofort wieder freigelassen. Die andere, eine reiche Amerikanerin, bleibt spurlos verschwunden. Die Suche geht in die toskanischen Hügel, zu den sardischen Schafhirten – schon unter normalen Umständen eine sehr verschlossene Gemeinschaft. Aber es war keine gewöhnliche Entführung. Die Lösung ist so unerwartet wie Schnee im März – oder *Tod im Frühling*.

»Nie eine falsche Note. Es ist das erste Mal, daß ich das Thema Entführung so einfach und verständlich behandelt sehe. Bravissimo!« *Georges Simenon*

Terror

mit Paolo Vagheggi

Roman. Deutsch von Bernd Samland

Italien 1988 – Zehn Jahre sind vergangen, seit die Entführung und Ermordung des christdemokratischen Politikers Carlo Rota die Weltöffentlichkeit erschütterte. Die Hintergründe des Verbrechens sind ungeklärt geblieben, die Führer der Roten Brigaden ungestraft. Viele in Italien zögen es vor, die Ereignisse in Vergessenheit geraten zu lassen. Doch der Kampf gegen den Terrorismus geht weiter – Lapo Bardi, stellvertretender Staatsanwalt in Florenz, führt ihn unerbittlich.
Der Fall Aldo Moro, mit großer Könner- und Kennerschaft in einen glänzenden politischen Krimi umgesetzt.

»Fesselnd ist nicht allein die feingesponnene Kriminalhandlung sondern auch das sie umgebende Geflecht menschlicher Beziehungen. Der Leser wird mit jeder Seite aufs neue gepackt.«
The Guardian, London

Tod im Herbst

Roman. Deutsch von Matthias Fienbork

Die Tote, die an einem nebligen Herbstmorgen aus dem Arno gefischt wurde, war vielleicht nur eine Selbstmörderin. Aber wer schon würde, nur mit Pelzmantel und Perlenkette bekleidet, ins trübe Wasser des Flusses springen? Überall hieß es, die Frau habe sehr zurückgezogen gelebt. Was für eine Rolle spielten dann die ›Freunde‹, die plötzlich auftauchten?
Wachtmeister Guarnaccia in seinem Büro an der Piazza Pitti in Florenz ahnte, daß der Fall schwierig und schmutzig war – Drogen, Erpressung, Sexgeschäfte –, aber daß nur weitere Tote das Dickicht der roten Fäden entwirren sollten, konnte er nicht wissen…

»Simenon hat Magdalen Nabb gepriesen, und mit *Tod im Herbst* kommt sie einem Florentiner Maigret ohne Zweifel am nächsten.« *The Sunday Times, London*

Tod eines Engländers

Roman. Deutsch von Matthias Fienbork

Florenz, kurz vor Weihnachten: Wachtmeister Guarnaccia brennt darauf, nach Sizilien zu seiner Familie zu kommen, doch da wird er krank, und es geschieht ein Mord. Carabiniere Bacci wittert seine Chance: Was ihm an Erfahrung fehlt, macht er durch Strebsamkeit wett! Betrug und gestohlene Kunstschätze kommen ans Licht, aber sie sind nur der Hintergrund zu einer privaten Tragödie. Zuletzt ist es doch der Wachtmeister, der (wenn auch eher unwillig) dem

Mörder auf die Spur kommt – und an Heiligabend gerade noch den letzten Zug nach Syrakus erwischt.

»Unheimlich spannend und gleichzeitig von goldener, etwas morbider Florentiner Atmosphäre.«
The Financial Times, London

Tod eines Holländers

Roman. Deutsch von Matthias Fienbork

Es gab genug Ärger, um die Polizei monatelang in Atem zu halten. Überall in Florenz wurden Touristen beraubt, Autos gestohlen, und irgendwo in der Innenstadt gingen Terroristen klammheimlich ans Werk. Dagegen sah der Selbstmord eines holländischen Juweliers wie ein harmlos klarer Fall aus. Es gab zwar ein paar Unstimmigkeiten. Aber die einzigen Zeugen waren ein Blinder und eine alte Frau, die bösartigen Klatsch verbreitete. Trotzdem war dem Kommissar nicht wohl in seiner Haut – es war alles ein bißchen zu einfach...

»Eine gut ausgefeilte Mystery-Story, bestens eingefangen.« *The Guardian, London*

Tod in Florenz

Roman. Deutsch von Monika Elwenspoek

Sie ist auf dem Revier, um ihre Freundin vermißt zu melden. Beide sind Lehrerinnen und ursprünglich zum Italienischlernen aus der Schweiz nach Florenz gekommen und dann geblieben, um illegal zu arbeiten, – die eine in einem Büro, die andere bei einem Töpfer in einer nahen Kleinstadt. Seit drei Tagen ist die bildhübsche Monika Heer spurlos verschwunden...

»Magdalen Nabb muß als die ganz große Entdeckung im Genre des anspruchsvollen Kriminalromans bezeichnet werden. Eine Autorin von herausragender internationaler Klasse.« *mid Nachrichten, Frankfurt*